VENGEANCES

Auteur :
José Miguel RODRIGUEZ CALVO

Roman

Ce roman est une fiction.
Toute ressemblance avec des faits réels, existants ou ayant existé,
ne serait que fortuite et pure coïncidence.

Décroche-moi une étoile

VENGEANCES

José Miguel RODRIGUEZ CALVO

1

PARIS porte de Clignancourt

Bar « Le Bourgogne »

— Putain Gégé, c'est pas possible !
T'as les cinq numéros et les deux étoiles, c'est pas vrai !
non c'est pas vrai, je rêve ! attend je vérifie de nouveau !
S'exclame Lambert le patron du bar-tabac *« Le
Bourgogne »*.

— Ne me dis pas que j'ai gagné quelque chose !
Rétorque Gégé, un client assidu moitié clochard.

— Quelque chose ! tu as gagné le jackpot à l'euro
millions mon vieux, les cinq numéros plus les deux
étoiles, tu es plusieurs fois millionnaire !

— Arête ! tu me fais marcher !

— Mais approche vient voir ! c'est incroyable, je n'ai
jamais vu ça et tu sais ce que vaut ce bout de papier ?
cent quatre-vingts millions, d'euros, oui Gégé une
fortune !

— Allez ! Lambert ! tu me fais marcher, arrête de
déconner !

— Mais non je te dis, tu es multimillionnaire,
regarde !
Gégé tout étourdi n'en revient pas, il est totalement
submergé par la nouvelle, sans vraiment y croire il
s'exclame machinalement.

— Allez ! du champagne pour tout le monde, c'est ma
tournée !

— D'accord Gégé, tu peux pas savoir comme je suis
content pour toi !
Mais va vite-le mettre en lieu sûr, c'est un conseil.

Gégé, autrement dit Gerard Mercier trente-neuf ans, célibataire d'un caractère réservé et timide ne s'est jamais marié, il a bien eu quelques petites aventures avec des femmes un peu douteuses, mais rien de sérieux, pas non plus d'amis à peine quelques copains de beuverie et pas la moindre activité sportive ou intellectuelle.

Ses journées il les occupe à de longues balades sans but dans les rues de la ville, ponctuées ici et là par des pauses dans les bars à boire quelques bières avec de furtifs copains de bistrot.

Il vit péniblement avec le RMI et la petite retraite de sa mère « *Lucienne* » soixante-quinze ans, veuve depuis une quinzaine d'années, lorsque son mari avait eu un accident de travail mortel à la SNCF où il avait toujours travaillé à l'entretien des voies.

Occupant depuis toujours un minuscule appartement à Le Pré-Saint-Gervais situé en proche banlieue du nord-est parisien, que le couple avait réussi à acquérir lorsqu'ils s'étaient mariés.

Gérard, a été malheureusement licencié d'une façon peu orthodoxe, pour soi-disant faute professionnelle et de ce fait s'est retrouvé sans ses droits et revenus normalement attribués à tout licenciement.

Son patron, le tout-puissant Jean-Bernard Poitiers régnant en maitre absolu sur son entreprise, un laboratoire de recherche et de fabrication de médicaments extrêmement couteux qu'il facture allégrement au prix fort aux hôpitaux et autres établissements de soins en France et à l'étranger.

Se fournissant qui plus est avec des matières premières douteuses voire dangereuses pour une grande partie, importées de Chine, à des prix, défiant toute concurrence.

Et Gérard, en sait quelque chose, puisqu'il était l'employé chargé de passer les commandes et les importations des différents produits nécessaires à la fabrication des médicaments de l'entreprise, sur le site du laboratoire nord, alors que les bureaux du siège social de MHEDEX se situent à Paris Quai de Grenelle dans le quinzième.

Gerard, malgré son ancienneté de treize ans de bons et loyaux services, n'avait jamais eu le moindre avancement bien au contraire, il était devenu la tête de Turc du directeur Vincent Fournier, et ses collaborateurs, mais aussi et surtout de l'autoritaire despote le « *Big Boss* » Jean-Bernard Poitiers, qui régnait en maitre absolu.

Gérard n'avait jamais su la raison pour laquelle on lui en voulait à ce point, d'autant qu'il s'acquittait de son travail avec une constante rigueur et une consciencieuse assiduité.

Chez les Mercier, on ne roule pas sur l'or, Lucienne, vivant avec le salaire de réversion de son mari et Gerard jusqu' alors avec sa maigre paye d'employé de bureau, que la société MHEDEX lui versait jusqu'au moment où il se retrouve licencié il y a de cela environ six mois, sans la moindre raison valable et qui plus est sans aucune indemnité.

L'entreprise de fabrication de médicaments lui avait seulement signifié par lettre recommandée : « *licencié pour faute grave* ».

Gerard, à ce moment n'avait entrepris aucun recours contre cet abus par manque d'information et de soutien de ses camarades de travail, tous paralysés par la peur de devoir affronter le terrible Tiran qui faisait régner une véritable panique parmi l'ensemble de sa quarantaine d'employées.

Alors, il s'était résigné et avait fini par se réfugier dans l'alcool, écumant les nombreux bars et brasseries des quartiers voisins, vivotant avec les maigres revenus de sa mère et le RMI que l'on avait fini par lui verser, après moultes efforts et tracasseries de l'administration.

La société MHEDEX, est une entreprise florissante qui se compose d'un laboratoire de recherches et une unité de fabrication de médicaments rares, tous à haute valeur ajoutée, concernant les soins de certains cancers.

Son directeur, le docteur Vincent Fournier quarante-quatre ans, est secondé par son épouse Adeline de quarante ans également docteur, ayant pour fonction le service de distribution et de publicité.

Quant au patron de MHEDEX, Jean-Bernard Poitiers, de cinquante-cinq ans, marié à Géraldine de Beaulieu cinquante-deux ans, qui habitent un luxueux appartement, Avenue du Général-Mandel dans le seizième, sont tous les deux issus de la riche bourgeoisie parisienne, ils ont une fille de vingt-huit ans Léa, la future héritière, fiancée à Gabriel Le Charme âgé de trente ans employé à la recherche et qui occupent un duplex Avenue Foch, tout près de la place du Général de Gaulle.

C'est deux jours avant que Gégé allait trouver par le plus grand des hasards le bulletin gagnant, alors qu'il arpentait les rues de la capitale, il vint se coller sur la semelle d'une de ses chaussures, quelqu'un l'avait visiblement égaré, son premier réflexe fut de le jeter, puis par un coup du destin, il le plia et le garda dans une de ses poches.

Resté là complètement oublié, Gégé continua sa vie d'errance pendant les deux jours qui suivirent, c'est alors qu'il se trouvait à boire quelques bières comme à son habitude, bien calé contre le zinc du « *bourgogne* » puis s'apprêtant à partir, il plongea sa main dans la poche de sa vieille veste pour payer ses consommations en espérant que les quelques pièces qui lui restaient suffiraient à régler la note, c'est alors qu'il sentit la présence du bulletin.

Comme le bar de son ami et patron des lieux « *Lambert* » faisait aussi tabac et jeux, il lui tendit le papier à moitié froissé.

— Tiens Lambert ! j'espère que j'ai quelque chose, car je ne suis pas certain d'avoir assez pour te régler mes bières.

C'est à ce moment bien précis, que sa vie allait basculer.

2

« Labo de MHEDEX »

Quelques jours après au labo Quai de Grenelle, la réunion hebdomadaire avait débuté dans le bureau de Jean-Bernard Poitiers, comme chaque vendredi, sa fille Léa était présente, car elle n'allait pas tarder à prendre les rênes de l'entreprise.

Bien entendu le directeur Dr Vincent Fournier et son épouse le Dr Léa Fournier étaient présents ainsi que le responsable de la production de Pantin Jean Deaulieu.

— Bien ! Il semblerait que nous n'ayons pas de très

bonnes nouvelles ! Annonça d'un air contrarié le Boss.

— N'est-ce pas Fournier !

— Elles sont meme catastrophiques !

Répliqua-t-il.

Il semble que notre fournisseur chinois veuille augmenter le prix des composants « *antimétabolites* » et plus grave il semblerait que leur nouvelle substance ne soit pas suffisamment sélective pour épargner les cellules saines.

Nous avons déjà des retours très alarmants, si nous ne réagissons pas immédiatement, nous courrons à notre perte.

Et je ne donnerais pas cher de MHEDEX.

— Alors il faut immédiatement stopper nos Importations.

— Monsieur Poitiers, c'est impossible, les fournisseurs européens sont deux fois plus chers, les florissants profits de l'entreprise n'y résisteraient pas, nos bénéfices seraient considérablement restreints.

— Bien alors nous allons payer l'augmentation des chinois et continuer à importer leur produit, pour le reste je vous laisse régler le problème.

Après tout, c'est vous les docteurs, non !

Vociféra-t-il en s'adressant aux époux Fournier.

— Et rien ne doit filtrer dans la presse, c'est entendu !
Quant aux retours nous allons régler cela directement
avec les centres incriminés.
Nous sommes d'accord ! n'est-ce pas ?

— Oui Monsieur ! répondirent tous à l'unisson.

3

Après avoir copieusement « *arrosé* » sa soudaine fortune dans le bar de son ami Lambert, Gérard était rentré chez lui pour annoncer la bonne nouvelle à sa mère, qui faillit avoir une attaque lorsque Gégé lui annonça qu'ils étaient multimillionnaires et que leurs vies allaient totalement changer.

Dès le lendemain, Gégé se rendit à la Française des Jeux, pour qu'on lui confirme la validité de son gain, ce qui fut fait lors d'une petite cérémonie.

Aussitôt il allait recevoir une multitude d'offres sur la façon de gérer son argent.

On lui conseilla de prendre un avocat spécialisé, pour écarter toute tentative hasardeuse voire malhonnête qui ne manquerait pas de lui être proposées.

Gerard, conseillé désormais par son avocat, allait immédiatement s'acheter un coquet appartement Avenue de l'Opéra dans le deuxième arrondissement, ou il allait enfin emménager et pouvoir s'émanciper, il n'oublia cependant pas sa mère Lucienne, car il allait faire rénover de font en comble la maison familiale de Pré Saint-Gervais.

Après quelques semaines occupées à effectuer tous ces bouleversants changements, Gégé désormais installé au calme dans sa nouvelle demeure, ayant aussi complètement renouvelé de fond en comble sa garde-robe, se mit à penser à la revanche qu'il avait toujours imaginée à l'encontre de ses tortionnaires de l'entreprise MHEDEX.
Et il avait bien l'intention de faire payer à chacun le détestable traitement qu'il avait subi de leur part.
Gérard se mit à ruminer et élaborer dans sa tête, la meilleure façon de faire payer à chacun des affronts qu'il avait reçu.
— Ils vont me le payer ! ils vont tous me le payer et chacun en aura pour son compte !

Gérard étant naturellement au courant de toutes les « *magouilles* » de l'entreprise, à commencer par l'importation de produits dangereux, puisqu'il avait été employé aux commandes des produits venus de Chine. Et avant de quitter l'entreprise, il avait bien pris soin de photocopier la plupart des documents compromettants.

Il savait qu'il tenait là un inégalable levier pour déstabiliser l'ensemble des responsables à commencer par le patron Jean-Bernard Poitiers et il n'allait pas se priver pour l'utiliser.

Mais avant de passer aux choses sérieuses, il avait bien l'intention d'humilier chacun de ses tyranniques coupables.

Et pour cela il débordait déjà d'imagination.

— On va bien s'amuser !

4

Gérard Mercier, installé à son bureau qu'il avait fait emménager dans son nouvel appartement avenue de l'Opéra, allait contacter anonymement en modifiant légèrement sa voix, son ancien patron Jean-Bernard Poitiers.

— Bonjour monsieur Poitiers, je suis Journaliste, j'ai certaines informations que je voudrais contraster avec vous avant de les publier.

— Oui bien entendu, il s'agit de quoi exactement.

— Eh bien, c'est un peu délicat, d'après mes sources, vous utiliseriez des produits douteux pour la fabrication de vos médicaments.

— Que voulez-vous dire par douteux ?

— Dangereux pour la santé, voire mortels, mais ce n'est qu'une rumeur je suppose.

— D'où tenez-vous ces calomnies !

— Je suis désolé monsieur Poitiers, mais je ne peux absolument pas vous révéler mes sources, mais il semblerait que vous ayez des fuites au sein de votre personnel.

— Bien ! pouvons-nous nous rencontrer pour en discuter ?

Je n'ai pas saisi votre nom, ni celui de votre journal !

— Ce n'est pas très important pour l'instant, je vous rappelle pour le rendez-vous.

Au revoir monsieur Poitiers, à bientôt !

Sur ces mots, Gérard raccrocha.

Le Boss entra aussitôt dans une colère folle.

— Putain de fouille-merde, pour qui se prend-il ce journaliste de mes deux !

Furieux, il convoqua dans son office, le directeur Dr Vincent Fournier et son épouse Adeline, ainsi que sa fille Léa et le responsable de Production Jean Deaulieu. Une demi-heure après chacun était là dans le bureau du boss.

Poitiers qui s'était absenté pour prendre un calmant, pénétra dans la pièce, affichant un air furieux presque hystérique.

— Non de Dieu ! que se passe-t-il ici ?

15

Je viens d'avoir un journaliste au téléphone qui me dit que nous produisons des médicaments dangereux voire mortels et il a sous-entendu que ses informations viendraient d'un de nos employés.

Vous savez ce que cela veut dire !

C'est certain quelqu'un parmi vous veut faire couler MHEDEX , sans compter les conséquences judiciaires, alors je vous écoute !

Chacun fixait les autres d'un air étonné.

— Savez-vous seulement ce que ça signifie si des informations pareilles sortent !

C'est la fin de l'entreprise oui, mais aussi celle de chacun d'entre vous, car vous êtes tous concernés.

Je veux connaitre le fils de pute parmi vous ou vous subordonnés qui a filtré des informations à la presse, car vous êtes tous responsables, vous connaissez parfaitement la provenance des achats et le contenu des produit que nous commercialisons et les problèmes que l'on à constaté.

Alors si je plonge, vous plongez tous avec moi, oui tous sans exception !

Sans que personne n'ait eu l'occasion de prononcer le moindre mot, Poitiers quitta son bureau en claquant la porte dans une furie folle.

Le lendemain, Gérard décrocha son combiné, mais cette fois c'était pour appeler Adeline, l'épouse du directeur Dr Vincent Fournier.

— Allo ! pourrait je parler à madame Fournier !

— Oui c'est moi ! Dr Adeline Fournier, c'est à quel sujet ?

— C'est personnel !

— Oui dites-moi ! mais qui êtes-vous, d'abord ?

— Ce n'est pas important ! je voulais vous prévenir que votre mari vous trompe !

— Ah bon ! et pourrait je savoir avec qui ?

— Vous la connaissez très bien, mais demandez-lui !
Puis Gérard raccrocha.

Adeline resta dubitative, mais elle ne souffla mot à son mari qui travaillait dans un bureau mitoyen.
À la fin de la journée ils prirent leur véhicule pour rentrer à leur domicile, pendant tout le trajet Adeline resta silencieuse.

— Je te sens préoccupée chérie ! c'est à cause des problèmes de MHEDEX ?
Son épouse ne répondit pas.

— Tu sais ! tôt ou tard nous saurons qui est le responsable de tout cela !

Adeline toujours muette, commençait à montrer de plus en plus, un incontrôlable agacement.

Arrivés à leur appartement, madame Fournier ne put se retenir un instant de plus.

— Je sais tout !

— De quoi tu parles chérie ?

— Ah non ! ça suffit comme ça, j'avais des doutes mais maintenant j'ai des preuves, comment t'as pu faire ça et de plus avec elle !

Et n'essaye pas de mentir, n'aggrave pas ton cas !

— Arrête Adeline s'il te plait, c'était rien et c'est fini, tu sais maintenant Lea est fiancée à Gabriel et elle va meme l'épouser.

— Mon pauvre Vincent, tu es un salaud, tu es malade, elle a vingt-huit ans, elle pourrait être ta fille, pauvre mec !

Gérard avait réussi là un coup de maitre, car il ne savait absolument rien de cette relation, son seul but était de faire douter Adeline Fournier, et maintenant Vincent le mari venait d'avouer une relation avec Léa la fille du boss.

C'était inattendu et il n'allait pas s'arrêter là, pour lui c'était juste les prémices de la tempête qu'il comptait déverser sur tous les responsables de son adversité.

Cette fois en connaissance de cause, il allait s'en prendre à Léa la fille du patron.

Opérant de la meme façon, il allait la contacter.

— Allo oui ! êtes-vous Léa Poitiers ?

— Oui elle-même !

— Bonjour, j'ai une information importante pour vous !

Connaissez-vous Gabriel Le Charme ?

— Oui bien sûr c'est mon fiancé.

— Je sais, je sais, je voulais dire le connaissez-vous très bien ?

— Pourquoi cette question ?

— Je voulais juste m'assurer que vous savez tout sur lui.

Par exemple, savez-vous qu'il a été l'amant d'Adeline Fournier, la collaboratrice de votre père !

Puis Gérard raccrocha.

Dans la minute qui suivit, Léa ne put se retenir et débarqua dans le bureau d'Adeline Fournier, en furie, l'air ardente et agressive.

Sans rien dire Léa se jeta sur Adeline et lui asséna un violent coup de poing au visage.

Surprise, celle-ci qui se trouvait assise derrière son bureau, tomba à la renverse avec son fauteuil, puis une fois sur le sol Léa s'acharna sur elle et toutes deux finirent en une mêlée indescriptible.

Les quelques laborantins qui se trouvaient à proximité, eurent bien grand mal à les séparer, juste avant l'arrivée de Vincent son époux et du boss Jean-Bernard Poitiers.

Celui-ci surpris et exaspéré n'en croyait pas ses yeux.

— Mais qu'est-ce qui se passe ici bon sang, vous vous croyez ou, vous êtes de grandes malades !

Je n'ai jamais vu ça ! Dans mon bureau tout de suite !

Ce fut un véritable imbroglio d'accusations et d'excuses toutes plus futiles et ineptes les unes que les autres qui venaient compléter le tumulte et la lourde atmosphère que l'on respirait déjà dans l'entreprise.

Mais si la violente empoignade avait été arrêtée là par la prompte intervention des collègues et employés présents, Léa Poitiers, n'avait pas l'intention de s'en satisfaire.

Elle allait tirer tout cela au clair, car d'un caractère extrêmement jaloux, personne ne l'avait jamais humiliée de la sorte et elle avait bien l'intention de faire payer ce consternant affront aux coupables.

Le soir, lorsqu'elle rentra dans son duplex du 16e qu'elle partageait avec son fiancé, elle trouva son compagnon qui avait quitté le bureau précipitamment lors de la dispute, affalé sur le divan, un copieux verre de whisky à la main.

Ah ! tu étais là, je t'ai cherché partout dans les bureaux, tu avais disparu.

Sans prononcer le moindre mot, il se reservit un deuxième verre qu'il absorba d'un coup sans meme respirer.

Léa furieuse frappa le verre qui vola à travers la pièce j'espère que tu as une bonne explication à me donner au sujet d'Adeline, alors par l'amour du ciel, épargne-moi tes désaveux et tes fausses excuses.

Gabriel se mura dans un long silence, ce qui ne fit qu'exaspérer Léa.

— Ah non ! pas de ça ! arrête, immédiatement j'attends tes explications !

Gabriel ne broncha pas et continuait son attitude, sans prononcer le moindre mot, alors Léa s'approcha de lui et tout en le secouant essaya de le faire se lever.

Comme il ne réagissait pas, Léa exaspérée entra dans une furie folle, assenant une volée de coups et de griffures à Gabriel qui surpris la repoussa fortement.

Lea déséquilibrée chuta lourdement sur le carrelage du salon, se cognant la tête sur le rebord de la table basse en métal, puis ne bougea plus.

Quelques secondes après une mare de sang se forma autour de sa longue chevelure blonde.

Gabriel tétanisé, demeura un long moment sans esquisser la moindre réaction et ce fut la sonnerie du téléphone qui le sortit brusquement de sa torpeur.

Il s'approcha du combiné l'air égard et décrocha.

— Oui allo !

— Ah c'est toi Gabriel !

— Pourrai-je parler à Léa s'il te plait ?

Gabriel surpris, reconnut la voix de Julie la meilleure amie de Léa.

— Je suis désolé elle est sortie !

— Ah bien ! je n'arrive pas à la joindre sur son mobile.

— Elle l'a certainement oublié dans un de ses sacs à main, répliqua Gabriel d'un air désabusé.

— D'accord Gabi, dis-lui qu'elle me rappelle s'il te plait.

— D'accord Julie je lui dirais sans faute, ajouta-t-il en titubant et tremblant de tout son corps.

Puis Gabriel raccrocha.

Qu'allait-il faire maintenant, il avait tué sa fiancée, la situation lui était insupportable, les questions se bousculaient dans sa tête, les pensées, les plus folles allaient et venaient, mais pas la moindre solution, rien qui puisse le tirer de cette morne et angoissante situation.

Sa vie venait de basculer et dans un instant de folie, il prit les clefs de sa « *Mercedes classe A* » et descendit jusqu'au garage.

Il se dirigea vers la Porte d'Orleans et emprunta l'autoroute A10, après avoir roulé pendant environ une demi-heure il poussa le moteur à plein régime et ferma les yeux.

Le véhicule quitta la chaussée et après plusieurs tonneaux s'encastra dans un immense chêne.

Les secours arrivés rapidement sur les lieux eurent bien du mal à accéder à Gabriel, qui complètement coincé entre les taules froissées de son véhicule, respirait à peine.

Visiblement en état extrêmement grave, le médecin constata de très nombreuses plaies à la tête, avec des fractures ouvertes des bras et des jambes et une plus que probable paralysie des membres inférieurs.

Après plus de vingt minutes de travail acharné, les pompiers réussirent à le dégager et vu son état il fut transporté en hélicoptère jusqu'à l'hôpital « *La Pitié - Salpêtrière* » au sud de Paris.

5

« Hôpital européen Georges-Pompidou »

Dans l'appartement de l'avenue Foch, Léa revenait à elle, elle avait une béante coupure du cuir chevelu, qui avait abondamment saigné, mais par chance pas de traumatisme ni de fracture du crâne, elle avait seulement été assommée.

Elle réussit à se traîner jusqu'à son sac à main où elle gardait son mobile et parvint à prévenir les secours qui ne tardèrent pas à arriver et après avoir reçu les premiers soins, le SAMU la transféra aux urgences de « *l'Hôpital européen Georges-Pompidou* », ou elle fut immédiatement prise en charge.
Naturellement la famille Poitiers fut aussitôt prévenue et Jean Bernard et son épouse Géraldine se rendirent immédiatement à son chevet.

L'angoissante attente des parents, allait très vite se terminer, le medecin urgentiste, se présenta et annonça la bonne nouvelle.
— Pas d'inquiétude votre fille et son bébé vont bien, la blessure n'est que superficielle, quelques points de suture ont suffi et le scanner ne montre aucun dommage interne quant à l'écographie montre le bébé en pleine forme.
Si la bonne nouvelle fut d'un grand soulagement pour les parents, l'annonce de la présence d'un bébé les laissa décontenancés.
Leur fille était donc enceinte !
Ils furent autorisés à voir Léa qui avait été transférée dans une chambre à l'étage.

Lorsqu'ils arrivèrent à son chevet, Léa était en pleurs, elle venait aussi d'apprendre la singulière surprise, car elle-même ignorait qu'elle attendait un enfant et qu'elle était au troisième mois.

— Mais que s'est-il passé ? comment tu t'es fait cette blessure ?
Questionna Jean-Bernard.

— C'est rien ! nous avons eu une dispute avec Gabriel au sujet de cette pouffiasse d'Adeline, d'ailleurs ou est-il, il m'a laissée seule baignant dans mon sang et je n'ai aucune nouvelle.
Il devrait être là non ?
Ce salop il va me le payer, d'ailleurs il vaut mieux qu'il n'apparaisse pas, je ne veux pas le voir.
La nuit passa et Léa était maintenant plus calme, à l'heure des visites ses parents ainsi que son amie Julie étaient là, mais toujours aucune nouvelle de son fiancé. Gabriel n'ayant plus ses parents, ce fut un appel de la Police qui fit part de la triste nouvelle à son employeur Jean Bernard, juste avant son arrivée au chevet de sa fille à « Georges-Pompidou ».
Mais que devait-il faire ?

Lui annoncer le terrible accident de son fiancé, non ! il opta par attendre que Léa ait quitté l'hôpital, cela faisait trop de nouvelles à assimiler en meme temps.

6

Gérard, dès le lendemain, fut informé par un ancien collègue des tragiques et successifs faits qui s'étaient déroulés la veille.

Il se précipita sur la presse qui relayait le spectaculaire accident de Gabriel Le Charme.

Cependant, il décida malgré tout de continuer sa vengeance comme il l'avait imaginé, estimant que c'était le hasard qui venait lui donner un coup de pouce.

Quelques jours après, Léa quitta l'hôpital accompagnée de ses parents Jean-Bernard et Géraldine et regagnèrent leur appartement avenue du général Mandel, c'est à ce moment que Léa appris l'accident de son fiancé.

Toutes ces rumeurs ne tardèrent pas à se répandre dans l'entreprise et chacun y allait de son appréciation et de son avis.

La dispute et l'hospitalisation de Léa, le terrible accident de Gabriel, la grossesse de l'héritière de MHEDEX, on allait jusqu'à mettre en cause la paternité de l'enfant.

Bien entendu tout cela ne tarda pas à venir aux oreilles de Gérard, qui n'allait pas laisser passer une si belle occasion d'y mettre son grain de sel.

Il allait tout d'abord, contacter Adeline l'épouse du directeur Vincent Fournier, comme toujours en déguisant sa voix

— Allo ! Pourrais-je parler à Adeline Fournier s'il vous plait ?

— Oui bien entendu c'est elle-même ! C'est à quel sujet ? et qui êtes-vous ?

— Je suis un ami de votre mari et nous nous sommes déjà parlé, j'ai de nouvelles informations pour vous, je suppose que vous êtes au courant que mademoiselle Léa Poitiers la fille de votre patron est enceinte !

— Oui ! oui nous avons appris cela et paraît-il elle même ne le savait pas, je ne vous cache pas notre surprise, mais en quoi cela me concerne-t-il ?

— Je vais vous le dire, en parlant de surprise j'en ai une autre pour vous ! Savez-vous qui est le père ?

— Non pas vraiment ! je suppose que c'est Gabriel son fiancé.

— Eh bien, je vais vous l'apprendre, c'est le docteur Vincent Fournier, votre mari.

— Si c'est une plaisanterie, elle est de mauvais gout.

— Je ne plaisante jamais madame !

— Mais qui êtes-vous pour affirmer de telles abominations.

— Un ami madame, un ami ! vous êtes pas sans savoir que votre mari a eu des relations suivies avec mademoiselle Léa pendant plusieurs mois, n'est-ce pas ?
Eh bien, monsieur Fournier semble avoir laissé un joli cadeau à mademoiselle Léa.
Sur ces mots Gérard raccrocha.

Adeline Fournier entra dans une furie folle, cette fois c'était trop, elle n'allait pas rester impassible, Vincent allait devoir s'expliquer et les conséquences seraient à la hauteur de son intolérable et injustifiable comportement.

Dans leur appartement de la rue « *La Fayette* » Adeline et Vincent Fournier, allaient avoir une terrible dispute qui allait se terminer par le départ forcé de Vincent, Adeline l'ayant définitivement mis à la porte.

— C'est terminé ! Tu dégages et je ne veux plus te voir,va la retrouver, elle aura besoin de toi pour élever votre enfant, pauvre type !
Quant à moi, je veux le divorce ! Et ne compte pas sur l'argent de ma famille, tu sais que nous avons un contrat de séparation de biens et l'appartement m'appartient, alors débrouille-toi !
Vincent Fournier allait se retrouver à la rue, car n'ayant pas de fortune personnelle il ne pouvait désormais plus compter que sur son salaire chez MHEDEX, mais après la liaison avec leur fille Léa, le Boss Jean-Bernard Poitiers allait-il le garder à son poste dans l'entreprise ?

La sentence n'allait pas tarder à tomber, car Adeline informa immédiatement le patron de l'hasardeuse situation.
Exaspéré par l'attitude de Vincent Fournier, Jean-Bernard Poitiers mit fin à son contrat de travail et celui-ci se retrouva sans emploi.

Il essaya bien de retrouver un poste, mais l'intervention négative de Jean-Bernard dans le milieu empêcha celui-ci de décrocher le moindre entretien.

Cette fois c'était la descente aux enfers, après avoirs épuisé ses maigres économies, il dut se résoudre à demander le RMI et se retrouva à quémander les quelques maigres repas aux services sociaux, pour le reste appart quelques nuits passées au chaud dans les refuges, la plus part du temps il dormait dans la rue, étant devenu un clochard parmi tant d'autres qui foisonnaient dans la capitale.

Pour Gérard, ce fut un inestimable succès, il avait réussi à humilier son ancien tortionnaire, le pompeux et empathique directeur de MHEDEX.

7

Toutes ces péripéties ne faisaient pas l'affaire du labo déjà empêtré dans les problèmes de substances douteuses, avec le pressing de plus en plus vigoureux des hôpitaux qui se posaient chaque jour plus de questions sur les adéquats traitements fournis par MHEDEX, car les inefficaces résultats sur les patients devenaient plus qu'inquiétants.

Les alertes et les retours des traitements devenaient quotidiens au labo et Jean-Bernard Poitiers déjà empêtré dans les problèmes familiaux et le licenciement de son directeur, avait bien du mal à faire face à cette soudaine adversité qui s'abattait sur lui.

Mais il était loin de se douter que la fin de ses soucis et ses déboires, n'étaient pas encore à son paroxysme.

Surtout que les événements et déconvenues dans son entourage qui venaient de se produire ne lui laissaient pas un instant de répis pour essayer de contrer les incessantes péripéties auxquelles il devait absolument faire face, car tout semblait se désintégrer autour de lui.

— Pourquoi cette soudaine avalanche de calamités ? Se disait-il.

— Qu'est-ce que j'ai fait au bon dieu, quand cela va t-il s'arrêter ?

Maintenant Léa enceinte, avec les funestes rumeurs sur la paternité de l'enfant à venir et du côté de Gabriel, les mauvaises nouvelles s'accumulaient chaque jour, d'après les médecins il resterait paralysé à vie car la moelle épinière avait été sectionnée, alors pas la moindre chance qu'il remarche un jour, d'autre part le traumatisme crânien lui avait laissé d'énormes séquelles neurologiques qu'il ne lui permettrait pas une activité intellectuelle à la hauteur des taches nécessaires à la direction d'une telle entreprise.

Pourtant Jean-Bernard avait fondé tous ces espoirs dans le couple de sa fille unique Léa et Gabriel pour reprendre un jour l'affaire familiale qu'il avait héritée de ses parents, mais pour le moment tout semblait compromis.

— Et Léa que pense-t-elle faire maintenant ?

Se demandait-il, va telle se remettre de ce drame, rien n'est moins sûr ?

Et il faut immédiatement couper court aux médisantes et perfides rumeurs au sujet de son futur enfant, il faut tout remettre en ordre au plus vite !

Toute cette abominable affliction fait désordre dans la famille bien entendu, mais aussi pour l'intérêt de l'entreprise.

Jean-Bernard était aux abois, toutes ces questions et beaucoup d'autres lui tournaient dans la tête, sans que la moindre bribe de réponse ne vienne ne serait qu'effleurer sa conscience.

Mais bien entendu il devait avant tout en parler avec Léa et son épouse, cependant comment aborder cet épineux sujet, trots d'accablants événements s'étaient produits en un temps aussi bref.

Jean-Bernard en bon meneur, décida d'aborder le sujet lors d'un déjeuner avec son épouse et sa fille.

C'était une sorte de réunion de Comité de direction.

A peine terminé le repas de midi servi par Mathilda l'employée de maison des Poitiers à leur domicile avenue du Général Mandel, Jean-Bernard, son épouse Géraldine et Léa se retirèrent dans le petit salon pour prendre le café. Jean Bernard, prit la parole d'un air autoritaire et péremptoire.

— Bien il me semble que l'on doit avoir une discussion sérieuse, nous devons absolument faire face avec la plus grande détermination aux malencontreux événements qui se sont produits ces derniers temps. Car cette situation ne peut plus durer.

— Oui ! bien entendu rétorqua son épouse Géraldine.

— Léa de ton côté tu es d'accord pour nous donner quelques explications au sujet de ta dispute avec Adeline Fournier, et de ta grossesse ?

— Je n'ai pas le moindre inconvénient à vous parler de cette salope d'Adeline, c'est tout simple, elle a eu une liaison avec Gabriel, quant à ma grossesse, pour le moment, je ne désire pas vous révéler le non du père. Par contre c'est sur nous avons eu une dispute et je ne me souviens plus de grand-chose, je sais qu'il était assis sur le divan, que je l'ai agressé et qu'il m'a repoussé puis que je suis tombée et après plus rien c'est le trou noir, je me suis réveillée dans une mare de sang et il n'était plus là.

La suite nous la connaissons, était-ce un accident ou une tentative de suicide, je pense que lui seul pourra l'affirmer, ou le démentir.

Quant à mon histoire avec Vincent Fournier, je n'ai pas grand-chose à dire, c'est arrivé sans que je sache vraiment pourquoi et c'est tout !

— C'est tout ? c'est un peu mince comme explication tu ne crois pas, surtout que tu n'es par certaine de la paternité de ton futur enfant !

Répliqua un peu exaspéré Jean-Bernard et j'attends aussi des éclaircissements de Gabriel, enfin s'il est en mesure de les fournir !

— Oui c'est vrai ! et il devra aussi s'expliquer sur sa liaison avec Adeline.

Accentua Géraldine.

— Je vais la convoquer demain dans mon bureau, j'attends avec impatience ses clarifications, nous y verrons peut-être un peu plus clair.

Assura Jean-Bernard.

Le lendemain comme prévu Adeline Fournier fut officiellement convoquée dans le bureau du patron.

À l'heure prévue, elle s'y rendit à contrecoeur avec une angoissante appréhension et frappa à sa porte.

Jean-Bernard Poitiers, assis derrière son bureau, l'attendait.

— Oui ! entrez !

Elle s'avança.

— Asseyez-vous s'il vous plait !

Adeline fut tout de suite surprise du vouvoiement de son patron qui l'avait tutoyé depuis toujours.

— Madame Fournier, qu'avez-vous à dire sur les rumeurs de votre liaison avec Gabriel ?

— Monsieur, j'aurais beaucoup de choses à dire, mais je ne sais pas si je dois entrer dans les détails.

— Faites comme bon vous semble, vous connaissez la situation et tous les derniers malheureux événements qui se sont produits, alors je veux votre version avant de prendre des décisions définitives à votre égard.

— Bien Monsieur Poitiers, vous savez que nous nous connaissons depuis de longues années et que j'ai toujours œuvré pour le bien de l'entreprise, sans compter mes heures ni mon énergie.

Quant aux relations avec Gabriel votre futur gendre, je dois avouer qu'elles sont exactes mais si vous permettez, je dois aussi vous affirmer dans quelles conditions tout cela a commencé.

Monsieur Gabriel, depuis son arrivée dans l'entreprise, n'a eu de cesse de me harceler, d'abord par de furtives insinuations, qui sont vite devenues plus pressantes et plus directes.

Il m'a toujours dit qu'il obtenait toujours ce qu'il voulait et que je ne serais pas une exception, allant jusqu'à me menacer de façon discrète mais résolue pour me faire céder.

Mais je dois aussi vous dire, que je n'ai pas été sa seule proie, ou conquête comme vous voudrez,la plus part de vos employées on subi le meme sort parfois pour certaines consenti et meme recherché.

En ce qui me concerne, cela à duré à peine deux mois, il s'est vite trouvé une remplaçante, et je vous avoue que j'ai été soulagée.

Voilà Monsieur Poitiers ce que je peux vous dire sur ma relation avec Gabriel.

Quant à mon mari Vincent, nous sommes séparés et en procédure de divorce, qui devrait aboutir très vite, dans les jours qui viennent.

— Très bien Madame Fournier, je vous remercie de votre franchisse, vous pouvez disposer.

8

Pour Gabriel le sort était jeté, ayant intégré le centre de rééducation de « *l'hôpital national de Saint Maurice* » dans le val de marne, malgré l'inégalable attention de tous ces professionnels, il ne put expérimenter la moindre récupération de son état, surtout mental, alors n'ayant plus aucun proche, il fut transféré dans un centre pour malades mentaux des « *Yvelines* » d'où il ne sortirait sans doute jamais, car Léa et sa famille le rejetèrent sans le moindre ménagement.

Il allait très vite sombrer dans une espèce de marasme et de dépression, allant meme jusqu'à se murer dans un total mutisme.

N'ayant plus de famille et ne recevant pas la moindre visite de Léa ou de ses patrons ou collègues, il dépérissait à vue d'œil malgré les efforts des médecins, qui ne réussirent jamais à simplement lui faire retrouver ne séraise qu'un peu de lucidité ou de simple acuité.

Deux ans après, il allait décéder, dans une totale indifférence, sans avoir retrouvé sa parole ni la moindre bribe d'intellection.

9

Concernant la vie de Léa Poitiers, la fille du boss on allait très vite faire apparaitre ses funestes méandres et côtés obscurs.

À ses seize ans, en compagnie de sa meilleure amie Julie et un autre copain de lycée, elle avait fait une fugue de plusieurs mois, ayant au passage dérobe une jolie somme d'argent chez ses parents.

Pendant tout ce temps en compagnie de ses amis elle avait pu expérimenter à peu près toutes les perversités et tous les vices qui s'offraient à elle, surtout lorsque l'on dispose d'argent, mais lorsqu'elle se trouva sans ressources, elle n'allait pas se contenter de retourner au bercail familial.

Ils allaient perpétrer de nombreux vols de toutes sortes dans les magasins pour continuer la vie folle et facile, allant meme jusqu'à se prostituer pour s'offrir un peu de haschich ou une dose d'héroïne.

Comme presque toujours, toutes ces mauvaises errances ont une fin peu glorieuse.

Léa et ses amis furent arrêtés par les vigiles d'un hypermarché et remis à la Police.

Étant mineure à l'époque, elle s'en tira avec une simple remontrance de la juge.

Quant à Jean-Bernard et Géraldine ils l'astreignirent avec détermination, à reprendre les études, ce qu'elle fit non sans mal, mais étant surveillée de près par son père qui tenait les cordons de la bourse, elle s'inscrit à la fac et termina, ses études pharmaceutiques.

Ce pendant d'un caractère volage, elle collectionnait les petits amis et les histoires sans lendemain.

Finalement Jean-Bernard l'engagea dans l'entreprise familiale, avec son petit ami de l'époque Gabriel qui venait aussi de terminer ses études avec brio.

Jean-Bernard Poitiers semblait comblé et vit en leur couple les futurs héritiers de son labo, Gabriel ayant à ses yeux tout le potentiel nécessaire pour seconder et assagir Léa, d'autant qu'ils se fiancèrent très rapidement, ce qui combla les espérances du couple Poitiers.

Mais la suite hélas allait démentir et fortement décevoir et annuler tous les espoirs de Jean-Bernard.

Car de toute évidence il était loin de connaitre le caractère inconstant et capricieux de sa fille.

Elle collectionnait les conquêtes, usant de ses charmes et de son statut de fille à papa.

Ce fut à l'occasion d'un colloque à Ottawa, ou ils furent envoyés pour représenter MHEDEX que l'histoire avec Vincent Fournier allait commencer.

Logeant bien entendu dans le meme hôtel pendant les cinq jours que dura le séminaire Léa entreprit immédiatement son insatiable et persévérante quête de chasse aux hommes.

Elle allait user de tous ses charmes pour se « *payer* » le directeur de l'entreprise, qui manquait à son tableau et elle ne pouvait admettre le moindre refus.

À la fin de la première journée de travail, Léa proposa à Vincent de faire une petite virée dans la Capitale du Canada, pour se détendre des longues heures d'activité et d'interventions.

Bien entendu celui-ci accepta avec plaisir ce moment de détente après la longue journée d'intense activité.

— Vincent ! si on allait se payer un bon petit resto, après tout, nous l'avons bien gagné !

— Vous avez raison mademoiselle Léa, un bon répit sera le bienvenu.

— Voyons, Vincent nous n'allons tout de meme pas nous vouvoyer, cela fait des années que nous travaillons ensemble et nous ne sommes pas au labo, ici nous pouvons tout de meme un peu nous décontracter.

— Vous ! Excuse-moi ! Tu as raison, c'est un peu ridicule d'être aussi formel, c'est l'habitude !

— Bon Léa et que proposes-tu ! après tout ce n'est pas la première fois que tu viens à Ottawa n'est-ce pas ?

— Non bien sûr que non j'ai accompagné mon père à plusieurs reprises, c'est une très jolie ville, et je connais de bonnes adresses, tu verras tu ne seras pas déçu !
Je vais te faire connaitre un joli restaurant !

— Eh bien, allons-y ! Tu seras mon guide !
Sur ces mots Léa interpela un taxi.

— « At Play Food & Wine » 1 York Street, please !

— Okay right now !

— Tu vas voir, on dine très bien, leur viande est

excellente, tu ne seras pas déçu ! Et après, nous pourrons meme prendre un verre au « *Démonion tavern* » c'est juste, à côté, j'adore ce lieu !

« *Restaurant Play Ottawa* »

Arrivés au magnifique restaurant « *Play* », situé tout près de la salle de conférences, à côté de l'ambassade des États-Unis, ils prirent place et Léa radieuse se dirigea réjouie à Vincent.

— Alors, je t'avais prévenu, que penses-tu du décor ?

— Magnifique ! Je vois que tu as bon gout !

— Et attend ! Tu vas voir leur carte, elle est à tomber !

Très vite un serveur vint leur proposer un apéritif.

— Tenez, faites votre choix, c'est offert par la maison, en leur tendant une interminable liste de boissons et cocktails.

Léa commença aussitôt son numéro de charme, en s'approchant chaque fois plus près de Vincent un peu gêné, sous couvert de lui énumérer les différents composants de chacun des apéritifs, profitant pour lui effleurer discrètement les mains d'un air naturel.

Vincent se rendit très vite compte de son jeu, mais comment repousser cette soudaine et inattendue tentative en public et surtout, venant de la fille du patron.

Il opta par jouer le jeu, après tout peut-être avait-il mal interprété cette soudaine approche de Léa et c'était simplement son imagination qui lui jouait des tours.

Une dizaine de minutes après, l'employé apporta les cartes.

Vincent maintenant un peu plus décontracté, s'adressa à sa collègue.

— Voyons Léa ! Toi qui connais bien cet endroit, que

me conseilles-tu ?

— Eh bien, tu préfères la viande ou le poisson ?

— Je n'ai pas vraiment de préférence, j'aime les deux et toi que vas-tu prendre ?

— Pour l'entrée, je vais opter pour des crevettes à la sauce au sirop d'érable, j'adore ça ! Et pour la suite, je prendrais de la viande, elle est excellente, disons un bon pavé aux morilles avec une sauce au vin, c'est une merveille.

Pour le dessert je verrais, je n'ai pas encore fait mon choix. Et toi ! Tu as vu quelque chose qui te plaît ?

— Oui ! Mon choix est fait, je prendrai là meme chose que toi !

— Ah génial ! Tu verras, tu ne vas pas le regretter.

Allez ! Vincent le vin c'est toi qui le choisis !

La soirée au restaurant se déroula à merveille, Léa continuait ses tentatives de rapprochement de moins en moins dissimulées et Vincent bien qu'un peu gêné par moments, jouait le jeu et se laissait aller à ses avances à peine dissimulées.

À la fin du repas, Léa euphorique, par le vin auquel elle avait largement fait honneur, proposa à Vincent de se rendre à son club préféré le fameux « *Démonion tavern* » juste à côté.

Dès la sortie du « *Play* », Léa s'accrocha au bras de Vincent et ensemble, ils parcoururent les deux cents mètres à peine qui séparaient les deux établissements.

— Tu crois que nous sommes en mesure de continuer à boire ?
Assura Vincent, un peu ébréché aussi.

— Allez ! Laisse toi faire, tu vas pas te débiner et me laisser seule et puis pas de soucis nous rentrons en taxi.

— Non ! Bien sûr que non ! après tout demain là réunion commence l'après-midi, nous aurons tout le temps de faire la grasse matinée.
Le couple s'installa tranquillement sur la banquette d'un petit réduit et commandèrent deux cocktails maison, puis une deuxième tournée, Léa devenait de plus en plus entreprenante simulant à peine son attrait pour Vincent qui rendit les armes et finit par se laisser faire, mais sentant la situation lui échapper proposa gentiment à Léa de rentrer sagement à l'hôtel.

— Ok ! Ok ! Vincent nous allons rentrer s'exclama Léa partie dans un fou rire.
Dix minutes après ils étaient devant l'hôtel, ils prirent l'ascenseur pour rejoindre leurs chambres contiguës au troisième étage.

— Quelle soirée ! s'exclama Vincent, en tout cas j'ai

été ravi de la passer en ta compagnie, je dois avouer que je ne te connaissait pas comme cela.

— Et tu n'as pas tout vu !

Répliqua Léa, en se jetant à son cou tout en l'entrainant vers sa chambre.

— Vincent surpris l'accompagna et une longue et ardente nuit allait suivre jusqu'au petit matin où tous deux se réveillèrent enlacés.

Les autres quatre jours que dura le séminaire se déroulèrent à l'identique, puis ils rentrèrent à Paris, leur idylle allait continuer pendant encore deux mois jusqu'au moment où Léa allait rencontrer son ami de fac Gabriel, avec qui elle allait commencer une autre histoire et meme se fiancer.

Cependant Léa fidèle à sa réputation, allait connaitre, pendant les rapports avec Vincent et Gabriel, plusieurs rencontres d'un soir, mais surtout un curieux personnage, « Tony Cambrera », qui la plongea de nouveau dans l'enfer de la drogue et qui de plus la mit enceinte, ce qu'elle cacha bien évidemment à Gabriel.

Pourtant, Léa semblait s'être stabilisée après sa rencontre avec son fiancé et la sérieuse prise en main de son père Jean-Bernard Poitiers.

10

Gérard Mercier jubilait de toutes ces rocambolesques frasques qui chamboulaient la déjà fragile situation de l'entreprise MHEDEX et ses dirigeants.

Presque sans efforts, par quelques simples insinuations et l'aide oportune et profitable du destin, il avait réussi à installer un véritable chambardement dans le labo ainsi que parmi tous ses anciens lamentables tyranniques.

Il était aux anges, car il voyait tomber dans le discrédit, un à un tous ses tortionnaires, ce qui le comblait, jamais il aurait imaginé voir son odieux directeur dans le plus grand dénuement arpentant les rues de la capitale, comme lui-même avait été obligé de le faire, abandonné et méprisé de tous.

C'était là, une sacrée revanche que le destin lui offrait.

Et ce prétentieux de Gabriel, qui le prenait toujours de haut et le traitait avec le plus grand des mépris, ne lui adressant la parole que pour le ridiculiser devant les autres, se trouvait désormais cloué sur une chaise roulante et dépendant d'autrui pour ses besoins quotidiens les plus personnels et intimes, sans espoir de retrouver un jour son ancienne vie de fanfaron et de vaniteux.

Il allait désormais, s'occuper sérieusement de son supérieur direct, le responsable de production de Pantin « *Jean Deaulieu* » qui le terrorisait quotidiennement sans la moindre raison, lui faisant faire et refaire les formulaires et les factures à la moindre rature ou simplement par mépris ou avanie, ce qu'il devait exécuter après ses horaires de travail, le faisant demeurer à son poste bien souvent, jusqu'à tard dans la nuit, sans la moindre compensation salariale ni rémunération d'aucune sorte, bien au contraire, s'il avait le malheur de protester ou de se manifester il était bon pour une bonne remontrance, car toujours traité d'inutile et incapable.

Alors pour lui il fallait trouver une vengeance à la hauteur

Gérard, qui était presque toujours le dernier à quitter son bureau de Pantin, eut une idée un peu expéditive, mais qui lui convenait pleinement
Les bureaux du bâtiment de fabrication se trouvaient sur une mezzanine en hauteur, au-dessus des nombreuses machines et fours ou étaient préparés les mélanges des substances nécessaires à l'élaboration des médicaments.
On y accédait par un escalier métallique, peu commode car il fallait l'emprunter plusieurs fois par jour pour se rendre aux bureaux perchés à environ huit mètres de hauteur.
Un soir où ils se trouvaient seuls dans les locaux, bien après l'heure de sortie du reste des employés, il décida de passer à l'action.
Jean Deaulieu s'apprêtait à partir, laissant comme tant de fois, Gérard terminer seul son travail.
Deaulieu s'engageât sur le haut de l'escalier et à peine il avait posé son pied sur la première marche, Gérard qui le suivait furtivement, le poussa de toutes ses forces.

54

Le contre maitre, chuta et roula le long des escaliers, se cognant fortement sur les marches et les barreaux métalliques et finit par atterrir huit mètres plus bas, sur le sol en béton.

Gérard descendit aussitôt, et ne put que constater son décès.

Il avertit immédiatement les secours, qui ne tardèrent pas à se présenter accompagnés de la Police.

Bien entendu, Gérard fut longuement questionné sur ce qui s'était passé.

Il expliqua aux autorités qu'il se trouvait à son poste et qu'il entendit Deaulieu quitter le bureau, puis un épouvantable bruit dans l'escalier, il le vit en bas et se précipita pour lui porter secours, gisant sur le sol, mais arrivé près de lui, il vit de suite qu'il ne respirait plus.

Alors il avertit aussitôt les secours.

— Bien ! Conclut le Capitaine, à première vue cela me semble clair, il s'agit d'un regrettable accident, cependant il y aura une autopsie.

Monsieur Mercier ! vous vous présenterez demain à neuf heures au commissariat pour faire une déposition formelle s'il vous plait !

— Bien entendu, j'y serais sans faute !

Répliqua Gérard.

Le lendemain il se rendit au commissariat comme prévu, et fit sa déclaration.

— Très bien conclu le Capitaine, vous pouvez partir, nous allons attendre les résultats des prélèvements de la Police scientifique et de l'autopsie, restez joignable, nous vous tiendrons au courant des résultats !

— D'accord ! je reste à votre disposition !
Quinze jours après il eut un courrier du Capitaine lui communiquant que le juge avait conclu à un accident et que l'affaire était bouclée.

Pour Gérard Mercier c'était la délivrance, il s'en tirait à bon compte, pour lui tout roulait sur l'or, pas le moindre grain de sable n'était venu contrarier sa machination, pour la première fois il se sentait tout-puissant, il s'était joué de tous ces sinistres personnages qui l'avaient harcelé pendant toutes ces longues et pénibles années.

11

Cependant il lui restait encore beaucoup de travail à accomplir pour satisfaire son absolue frustration.

Alors, il lui fallait désormais porter l'estocade pour couronner sa vengeance.

Mais celle-ci, s'avérait de toute évidence, d'une tout autre dificultée et sa préparation allait demander l'intervention de plusieurs personnes qualifiées, en premier lieu, son avocat « *Maitre Jacques Herbier* » qui allait lui fournir ses inestimables conseils, ainsi que son désormais heureux banquier « *Jean Guybaud* ».

Ils allaient décider de se retrouver tous les trois dans une réunion chez maitre Herbier pour étudier avec soin les différentes options légales possibles pour déstabiliser le laboratoire MHEDEX et en prendre le contrôle.

Le labo étant une entreprise familiale, créée par le père de Jean-Bernard Poitiers qui était fils unique, il en avait hérité et de ce fait, il était resté le seul propriétaire.

Dès lors, les choses semblaient à priori pouvoir se négocier plus simplement, car il n'y avait pas d'actionnaires. Poitiers avait toujours résolu ses quelques problèmes de liquidités à travers son banquier de toujours.

Mais Jean-Bernard en avait vu d'autres et n'était pas né de la dernière pluie il n'allait pas se laisser dépouiller de son patrimoine aussi facilement.

Gérard Mercier et le directeur de banque « *Jean Guybaud* », allaient se retrouver comme prévu, dans le bureau de « *Maitre Jacques Herbier* » pour réfléchir aux diverses possibilités de la prise de contrôle de MHEDEX.

Maitre Herbier prit la parole.

— La société n'étant pas cotée en Bourse, Jean Bernard Poitiers étant le seul détenteur des actifs, il faudra absolument arriver à une entente pour qu'une telle opération soit possible.

Alors il faut parvenir à un accord avec lui, car étant le seul détenteur de la totalité des avoirs, , aucune OPA, OPE ou meme fusion, ne sera possible sans son accord. Le banquier Jean Guybaud confirma.

— C'est exact, cette opération est une simple transaction commerciale.

— Et quelles sont les autres possibilités si Jean Bernard Poitiers ne veut pas vendre ?
Questionna Gerard.

— Là ça se complique, car personne ne peut l'obliger à se défaire de son labo, vous pouvez lui proposer la somme que vous voudrez, il sera le seul à décider.

— Très bien ! je crois que nous avons fait le tour, je pensait qu'il y eut d'autres possibilités, comme le rachat de parts ou actions !

— Non ces alternatives sont seulement dans le cas ou une société est cotée en Bourse et les actionnaires sont multiples, alors effectivement dans ce cas on pourrait envisager un rachat d'actions, une OPA, une OPE, une fusion ou autre chose, mais pour MHEDEX ce n'est pas le cas, elle appartient en totalité à Poitiers et lui seul peut en disposer.

— Très bien ! je vais essayer de le convaincre de Vendre.

Conclut Gérard, l'air contrarié.

La réunion se termina sur ces paroles, mais Gérard pensait déjà à d'autres moyens peut-être plus persuasifs pour convaincre Poitiers.

12

Jean-Bernard toujours empêtré dans les problèmes des nombreuses complications émanant des hôpitaux sur ses produits douteux qui lui étaient retournés presque chaque jour, avec des avis de plus en plus défavorables et mêmes critiques, ne savait pas ou donner de la tête. Surtout qu'il n'avait plus de directeur se basant uniquement sur le Dr Adeline Fournier l'épouse de Vincent qu'il avait licencié, mais qui était loin d'avoir les compétences nécessaires pour contrer cet afflux d'insatisfaction grandissant qui venait terriblement gêner la situation aussi bien dans le labo de recherches que dans l'unité de fabrication.

Sans compter les problèmes familiaux concernant Léa, qui était retournée vivre seule dans l'appartement avenue Foch, jadis partagé avec son fiancé Gabriel.

Sa fille n'allait pas finir de lui causer d'amers désagréments.

Ayant retrouvé sa liberté en s'installant dans l'appartement que ses parents lui avaient prêté pour y vivre avec son fiancé, elle allait faire venir un de ses anciens amants, le préjudiciable et néfaste « *Tony Cambrera* » qui l'avait jadis fait retomber dans la drogue et l'alcool.

Mais cette fois, Tony allait l'entrainer dans ses troubles magouilles de vols et escroqueries en tout genre, allant jusqu'à la faire participer à son autre délictueuse occupation de proxénète.

Car Tony Cambrera, d'origine gitane, n'avait jamais suivi avec le moindre intérêt les cours d'école primaire, pour partie, à cause des interminables déplacements de sa famille.

Ayant toujours versé dans la plus grande des libertés, Tony ne reconnaissait pas le moindre respect ou remontrance des adultes et encore moins de l'autorité.

C'était depuis sa jeunesse, un enfant en marge de la société et devenu adulte, son mode de vie allait de toute évidence suivre le meme chemin, avec des conséquences de plus en plus graves.
Ayant déjà fait de nombreux séjours en prison, pour tous ces méfaits, il s'était endurci, et meme s'il savait jouer de son charme pour attirer les jeunes femmes, celles-ci déchantaient très vite.
Les derniers temps il vivait du proxénétisme et de la vente de drogues, il avait connu Léa pendant sa relation avec Vincent juste avant les fiançailles avec Gabriel, allant meme continuer à se fréquenter sporadiquement pendant celles-ci.
Leur liaison prit fin lorsque Léa lui annonça officiellement sa décision de mariage avec Gabriel et ce que son père attendait du couple.

Tony Cambrera, n'eut pas d'autre alternative que d'accepter bien à contrecoeur cette rupture, mail il n'allait pas la perdre de vue aussi facilement, pour lui c'était une magnifique proie à laquelle il n'allait pas renoncer aussi facilement.
Le malheureux fait du suicide de Gabriel, allait lui fournir une occasion en or pour récupérer Léa.

Car bien entendu l'accident qui couta la vie à Gabriel, n'en était pas un, l'enquête détermina facilement que le véhicule n'avait subi la moindre avarie, de plus aucune trace de freinage ne put être relevée sur la chaussée et plusieurs témoins se manifestèrent pour affirmer que la Mercedes avait subitement accéléré et quitté la chaussée, sans que le conducteur tente la moindre manœuvre pour rectifier sa trajectoire.

Alors la conclusion du rapport des policiers, était sans aucune ambiguïté, Gabriel s'était bien suicidé.

Jean-Bernard était aux abois, il était pressé de toute part et meme si dans sa vie il avait connu de multiples tracas et difficultés de tout genre, il s'en était toujours sorti, car c'était une personne aguerrie qui ne manquait jamais de recours, mais cette fois l'adversité était trop prééminente et il ne voyait pas comment y faire face, car tout était contre lui, alors meme s'il ne manquait pas de courage et de ténacité, il se voyait dans une impasse, un abîme qui pour une fois dépassait ses capacités.

Pourtant il était hors de question de jeter l'éponge, non il allait se ressaisir, c'était un *« Poitiers »* et les Poitiers ne se rendent pas.

13

Gérard suivait tout cela de très près, sachant qu'il avait encore des atouts dans ses manches pour faire tomber Jean-Bernard Poitiers et son labo.

Et meme s'il avait été déçu lors de la réunion avec son avocat et son banquier car ils ne lui avaient pas apporté de solutions concernant le rachat de MHEDEX, il avait bien l'intention d'une manière ou d'une autre, de parvenir à ses fins.

Il savait parfaitement qu'il pouvait faire tomber Jean-Bernard, à n'importe quel moment, car il avait en sa possession, des documents très compromettants concernant ses affaires délictueuses pour ne pas dire criminelles concernant les médicaments qu'il fabriquait.

Mais son désir de vengeance n'était pas encore assouvi et il allait continuer à s'acharner sur ses sadiques et méprisants tortionnaires jusqu'à avidité.

Sachant les péripéties de Léa et de son nouveau compagnon, il allait attendre l'opportunité de coincer le couple dans une embarrassante posture qui retomberait bien évidemment sur Poitiers par le biais de sa fille.

Léa et son nouveau compagnon « *Tony Cambrera* ». menaient la grande vie, par les juteux bénéfices de la demi-douzaine de prostituées qu'il faisait travailler, ne se privant de rien, sorties, restaurants de luxe, affaires hors de prix, voiture de sport et l'appartement remeublé avec les derniers appareils et gadgets à la mode.

Quant à Jean-bernard il avait coupé les ponts avec sa fille, car il n'acceptait pas sa relation avec Tony, dont il connaissait l'origine de ses délétères et pernicieux revenus, surtout aussi qu'elle avait cessé de venir travailler au labo, du jour au lendemain, sans la moindre explication.

Cette situation ne pouvait pas durer pour l'entreprise, submergée dans cette affaire de médicaments douteux et privée d'une hiérarchie capable de la sortir de ce mauvais pas.

Poitiers avait bien essayé de recruter un nouveau directeur de laboratoire, mais sans succès.

C'est à ce moment que Gerard Mercier allait se manifester au travers de son avocat Maitre Jacques Herbier, pour faire une proposition de rachat de MHEDEX, mais il essuya un cuisant refus de Jean-Bernard, qui refusa catégoriquement de vendre.

Pourtant Maitre Herbier, n'hésita pas à faire allusion à la fragile situation du labo, allant meme à évoquer les ouï-dire et commentaires qui circulaient dans le milieu.

— Tout ceci est ignominieux et infâme, de pures calomnies et j'aimerais bien savoir qui se permet de répandre de telles abominations sur MHEDEX, mon labo a toujours été d'une irréprochable considération et la réputation de nos produits n'est plus à prouver ! Nous sauvons des vies tous les jours avec nos traitements à la pointe du progrès.

Et je vous jure que celui, ou ceux qui ont répandu de telles calomnies vont en payer le prix fort.

14

« Bois de Vincennes »

Un soir que Tony Cambrera s'occupait de la surveillance des filles dans les allées du bois de Vincennes, il fut arrêté par la Police en compagnie de ses six *« employées »* et tout ce beau monde se retrouva au commissariat.

Tony et les filles furent séparés et interrogés individuellement par les hommes du Capitaine

Pélletier, qui se chargea d'entendre spécialement Tony Cambrera qu'il ne connaissait que trop bien.

Le témoignage des filles, toutes originaires des pays de l'est, fut accablant pour Tony, qui non seulement les obligeait à se prostituer mais les hébergeait dans un minuscule et insalubre appartement de « *Charenton-le-Pont* » tout près de là.

Il leur avait confisqué leurs Passeports et pièces d'identité et elles devaient désormais travailler pour rembourser leur remise en liberté, ne leur laissant pour cela qu'une somme dérisoire en guise de salaire, avec laquelle elles devaient s'acquitter de leur part de loyer et se payer leurs affaires personnelles et la nourriture.

Tony fut mis en examen avec détention immédiate, mais le Capitaine Pélletier allait aussi s'intéresser de prés, à sa compagne Léa et chercher le rôle qu'elle pouvait jouer dans cette troublante affaire.

Il allait demander et obtenir une commission rogatoire pour perquisitionner leur luxueux appartement de l'avenue Foch.

Le résultat fut inespéré pour les fonctionnaires.

Ils allaient trouver plusieurs armes de poing, de nombreuses muniïons, un kilogramme de cocaïne, plusieurs ballots de cannabis, et une somme de cent cinquante mille euros en liquide, sans compter de nombreux bijoux de tout genre.

Léa qui se trouvait sur les lieux, allait être arrêtée et mise en examen, avec détention immédiate comme son amant Tony.

De toute évidence le futur devenait de plus en plus noir pour Jean-Bernard, car tous ces fâcheux événements allaient inévitablement attirer l'intérêt des médias, qui ne tarderaient pas à mettre les projecteurs sur sa famille et ses affaires.

Léa allait laisser de côté sa dignité et appeler son père pour qu'il essaye de la sortir de là, Jean-Bernard malgré son aigreur, ne pouvait laisser tomber sa fille unique et il allait immédiatement engager un fameux avocat, Maitre Lambert, un ténor du barreau parisien.

Celui-ci n'eut pas grand mal à convaincre la juge de mettre Léa en liberté, jusqu'au procès.

Quant à Tony, malgré la demande de son avocat, il allait rester en prison préventive, car déjà récidiviste, les faits amputés étaient trop lourds.

15

Meme si Léa avait pu retrouver sa liberté, elle était loin d'être tirée d'affaire, car de lourds soupçons pesaient sur elle et la Police ayant trouvé l'avalanche de preuves dans l'appartement qu'elle partageait avec Tony, elle risquait fortement d'être inculpée de complicité, et s'exposait presque à coup sur, à une lourde condamnation.

Jean-Bernard, allait profiter de la situation pour mettre à jour les innombrables questions qu'il se posait au sujet de sa fille, elle allait devoir s'expliquer sur les multiples et obscurs faits auxquels elle n'avait pas daigné donner la moindre réponse ni explication.

L'appartement de Léa et Tony de l'avenue Foch, ayant été mis sous scellés, elle dut donner à la juge un domicile et une adresse ou elle serait joignable à toute heure.

Alors bien évidemment elle allait emménager chez ses parents, avenue du Général Mandel.

Dès le premier soir, Jean-Bernard et Géraldine sa mère, la pressèrent de questions.

Et même si Léa n'était pas disposée à étaler ses inavouables méfaits, la ténacité et les persévérantes questions de ses parents l'obligèrent à dévoiler quelques forfaitures et perfidies qu'elle ne pouvait cacher.

— Léa ! pourquoi as-tu quitté ton travail au labo, sans la moindre explication ?

Tu sais pourtant que MHEDEX traverse des moments difficiles, voire fatidiques pour son avenir !

Nous sommes au fond du gouffre comme nous ne l'avons jamais été, maintenant que tout semblait aller pour le mieux avec nos nouvelles molécules.

Pourtant c'est à présent que nous subissons une série d'inconvénients et d'aléas inexplicables, c'est toi qui nous lâches, toi maintenant la seule héritière du lourd labeur de deux générations.

De plus tu te mets à fréquenter Tony Cambrera, la pire des racailles, connu comme le loup blanc par la Police

qui t'embarque dans ses pires turpitudes et décadences
te faisant complice de ses abjects et nuisants méfaits.

Léa les yeux baissés écoutait le sermon de son père sans
prononcer le moindre mot.
Géraldine sa mère, prit alors la parole.
— Tu sais notre but n'est pas de t'accabler ni de te
rendre responsable de tous les maux, mais tu pourrais
faire un effort et nous aider, sachant la situation du
labo.
D'autre part, tu es enceinte et tu ne te confies pas à
nous, tu fais comme si nous étions des étrangers pour
toi, je trouve que ce n'est pas une façon d'agir.
Je sais que tu est adulte et que tu peux agir à ta guise,
mais ton comportement n'est pas compréhensible et
ton futur enfant, peut-on savoir le nom du père ?
Léa prononça ces quelques mots.
— Je suis désolée, mais pour le moment je ne désire
pas le dévoiler !
— Tu sais que malgré l'aide inestimable de Maitre
Lambert, tu risques une très lourde peine, je ne sais pas
seulement si tu en es consciente !
Ajouta Jean-Bernard.
— Les armes, la drogue et l'argent qu'ils ont trouvés

dans ton appartement, ainsi que la crapuleuse activité exercée par ton ami, risquent de te couter de nombreuses années d'emprisonnement.
Continua-t-il.

— Et comment tu as pu te mettre avec ce sinistre individu qui te mènera à coup sûr à la ruine, tu es complètement inconsciente et irréfléchie, tu ne tiens pas compte du moindre de nos conseils.
Tu te conduis comme une gamine capricieuse et naïve, sans le moindre sens des responsabilités.
Léa exaspérée leva la tête et s'adressa à Jean Bernard.

— Bon, ça suffit comme ça, tu n'as pas à te mêler de ma vie, je suis assez grande pour savoir ce que j'ai à faire et avec qui ! Merde !
Répliqua furieuse Léa.

— C'est vrai ! Tu dépasses les bornes Jean-Bernard, ce n'est pas une façon de lui parler, après tout, elle est adulte !
Vociféra sa mère Géraldine.

— Et puisque l'on est à tout se dire, j'ai aussi une nouvelle pour toi, que je meurs de te révéler, Léa est déjà au courant depuis longtemps !

— Jean-Bernard, Léa n'est pas ta fille ! Voilà, maintenant c'est dit !

Poitiers resta de marbre, et mis un moment à réagir.

— Si c'est une plaisanterie, elle est de mauvais gout et impropre de toi Géraldine !

— C'est tout sauf une blague et Léa le sait depuis ses douze ans et elle connaît son géniteur.

Jean-Bernard n'en croyait pas ses oreilles, c'était un rêve, un cauchemar, il allait se réveiller c'était sûr, tout cela ne pouvait pas être réel.

Il s'avança jusqu'au fauteuil et se laissa tomber, ses jambes flanchaient et ne le sportaient plus, pendant un instant il eut meme un petit malaise.

Il fallut meme l'intervention de Géraldine qui lui passa un gant de toilette mouillé sur le visage, pour qu'il reprenne ses esprits.

Il allait rester là presque immobile, un interminable moment, puis se leva lentement sans prononcer le moindre mot et se dirigea vers la porte de sortie de l'appartement.

Il l'ouvrit et s'avança jusqu'à l'ascenseur, sortit de son immeuble et disparut dans la nuit.

Jean-Bernard, allait écumer tous les bars du quartier, se posant toujours la meme question.

75

Mais qu'est-ce qui se passe, pourquoi cette indigente infamie s'acharne-t-elle sur moi !

Jean-Bernard finit par provoquer le patron d'un bar qui ne voulait plus le servir à cause de son évidente ébriété, et appela la Police qui le conduisit au poste, le plaçant en cellule de dégrisement, ou il finit par s'endormir.

Géraldine et Léa inquiètes allaient contacter la Police et on leur confia qu'il était détenu pour ébriété et qu'il passerait le reste de la nuit en cellule, mais qu'elles n'avaient pas à s'inquiéter pour sa santé.

Le lendemain, il fut libéré, mais personne n'était là pour l'accueillir, alors il prit une chambre dans un hôtel et ayant acheté quelques habits et des affaires de toilette, se prépara et se rendit en taxi à son bureau « *Quai de Grenelle* ».

Au labo, c'était la panique, Adeline essayait de gérer seule au mieux les commandes, mais aussi les doléances presque journalières qui lui arrivaient des hôpitaux concernant les nombreuses plaintes de leurs produits qui provoquaient de plus en plus de néfastes effets secondaires chez les patients.

— Monsieur Poitiers, cela ne peut plus durer, je suis

totalement débordée, je fais de mon mieux, mais sans aide il m'est impossible de continuer à assurer mon travail, d'autant que je ne suis pas qualifié pour certaines missions.

Léa chargée de la communication ne vient plus travailler, le poste de Vincent mon ex-mari n'a pas été remplacé et à Pantin c'est pareil il n'y a plus de contremaitre, c'est un simple ouvrier qui le remplace, mais plus aucun contrôle des produits n'est réalisé.

Quant aux commandes c'est moi qui les fais chez notre fournisseur chinois de toujours.

— Oui ! je sais tout cela Adeline, croyez-moi et j'en suis conscient je vous en remercie infiniment.

Je vais faire le nécessaire dans les plus brefs délais, soyez tranquille, tout va rentrer dans l'ordre rapidement.

16

Gérard suivait avec attention, tous ces accablants et fâcheux événements qui tourmentaient Jean-Bernard et sa famille, mais aussi le normal fonctionnement de son entreprise, qui commençait à subir de désastreux et peut-être meme d'irréparables revers.

Pourtant Jean-Bernard, n'allait pas baisser les bras, il allait commencer par s'occuper de MHEDEX, en recrutant un nouveau directeur et un chargé de la communication pour soulager Adeline.
Puis un responsable de son unité de fabrication à Pantin.
Dès lors le travail put reprendre normalement, enfin exception faite des préoccupantes requêtes qui

continuaient à submerger le responsable de la communication, qui avait bien du mal à les traiter.

Tout n'était pas réglé, loin de là, mais Jean-Bernard pouvait enfin souffler un peu, meme s'il avait dû payer le pris fort pour recruter le nouveau personnel qui bien entendu était au courant de la désastreuse situation du labo.

Il allait meme rompre le contrat avec les Chinois, concernant les fournitures des matières premières frauduleuses, pensant ainsi faire taire les continuelles réclamations de ses clients, meme si cette action allait lui couter très cher, car il avait signé un contrat pour dix ans et on n'allait pas se gêner pour lui faire payer cette rupture.

De plus, il devait se fournir désormais en Europe à des prix exorbitants, mais c'était le seul moyen à court terme qu'il avait trouvé pour essayer de sauver son entreprise.

Maintenant ! se dit-il, il allait s'occuper des affaires familiales.

17

Gérard, un peu contrarié par la rapide réaction de Jean-Bernard, pour remettre d'aplomb son labo, se trouva un temps désorienté, mais il savait qu'il avait en sa possession des documents extrêmement compromettants et qu'il n'hésiterait pas à s'en servir le moment venu, pour lui ce n'était qu'un simple répit pour MHEDEX.

Car le fait que Jean-Bernard ait rompu le contrat avec les Chinois, ne pourrait effacer les longues années pendant lesquelles il avait fabriqué les médicaments avec cette substance frelatée et les clients porteraient plainte et le lui feraient payer, et lui serait là pour fournir les preuves à charge à travers son Avocat.

Désormais, il allait attendre ses décisions au sujet des nombreuses affaires familiales et il se frottait les mains avec facétie en imaginant de quelle manière tout cela allait finir.

Un soir après le travail, Jean-Bernard, rentra chez lui.
Son épouse Géraldine se trouvait seule, Léa étant sortie
pour faire quelques achats.

— Bonsoir !

S'exclamât-il.

— Bonsoir.

— Léa est là ?

— Non elle est sortie.

— Bon ! je pense que nous devons avoir une sérieuse
conversation et peut-être quelques explications de ta
part, tu ne penses pas ?

— D'accord, nous allons régler tout cela entre gens
civilisés, j'espère ?

— Bien entendu, mais je veux toute la vérité, je
suppose que c'est la moindre des choses, tu ne penses
pas ?

— C'est entendu, tu vas tout savoir, meme si ça ne
date pas d'hier !

Léa est la fille de « *Louis Lebrun* » ton ancien directeur
de recherche, qui démissionna soudainement cela va
faire vingt-neuf ans maintenant, en apprenant que
j'étais enceinte de lui.

Il quitta l'entreprise et meme la France pour s'installer
aux États-Unis.

Il m'avait demandé de le suivre, mais pour moi, il n'en était pas question.

— Mais pourtant tu le fréquentais et de plus tu attendait un enfant de lui, alors pourquoi ?

— Je ne sais pas si tu t'en souviens, mais à l'époque, nous passions une mauvaise période et nous nous étions éloignés un temps pour réfléchir, c'est là que Louis qui travaillait au labo et qui était célibataire me proposa de nous retrouver pour faire quelques sorties, au début en toute amitié, puis le temps passant notre relation allait évoluer.

Je reconnais volontiers ma faute, mais j'étais troublée et l'insistance de Louis fit que je devienne sa maitresse, cela dura environ trois mois, nous nous voyions toujours chez lui et à l'époque il n'y avait de place que pour ton labo, le reste passait après.

Je sais que ce n'est pas une excuse, mais c'est ainsi que cela s'est passé.

Et puis, je suis tombée enceinte et Louis voulait que j'avorte, pour lui ce n'était pas le moment d'avoir un enfant, il me proposa de le suivre aux États-Unis alors devant mon refus, il décida du jour au lendemain, de tout quitter, son poste au labo comme tu le sais mais aussi la France.

Rejetant ainsi toute responsabilité.

En ce qui me concerne, je ne voyais cela que comme une passade, car bien entendu je savais que nous allions très vite nous retrouver, mais la soudaine nouvelle de mon état allait tout précipiter.

Et je dois dire que pour moi, c'était une opportunité de te retrouver, d'autant que Léa allait naitre tout juste neuf mois après notre réconciliation.

Bien entendu ce fut malhonnête de ma part de ne pas te parler de ma toute récente grossesse qui ne datait que de quelques jours.

Puis le temps passa et ce fut de plus en plus difficile de t'en parler, surtout que tu étais ravi d'avoir une bien mignonne héritière, alors voilà, en ce qui me concerne je n'ai jamais revu Louis et il n'a pas non plus cherché à me contacter.

Léa reçut une carte postale le jour de ses douze ans, mais sans le moindre mot ou adresse, elle savait seulement qu'elle venait d'Amérique.

Alors à partir de là, elle n'eut de cesse de me poser des questions au sujet de cette mystérieuse carte.

Elle insista tellement, que je finis par lui raconter mon histoire avec son véritable géniteur.

Mais apparemment la nouvelle ne l'affecta pas du tout comme je l'avais craint.

Cependant, je sais qu'elle a essayé de le contacter sur Internet il y a de cela quelques années et qu'ils se sont parlé, d'après ce qu'elle m'a dit,il vit en couple avec une ancienne prostituée.

En tout cas Léa m'a rassurée elle ne veut plus avoir le moindre contact avec lui et ce serait réciproque et je suis ravie de cette nouvelle.

Voilà Jean-Bernard, tu sais tout, maintenant c'est à toi de décider de la suite.

En ce qui me concerne, je t'aime et je n'ai jamais cessé de t'aimer, malgré cette faute que je ne me pardonnerais jamais, si elle n'avait pas donné naissance à notre fille Léa.

Jean -Bernard, pris son souffle et répondit.

— Géraldine, viens près de moi s'il te plait !

Son épouse s'approcha et s'assit sur le divan à ses côtés. Jean-Bernard, la prit dans ses bras et l'enlaça fortement sans prononcer le moindre mot.

Tout semblait être rentré dans l'ordre dans la famille Poitiers.

Léa attendait avec impatience le jour de son procès ainsi que celui de son petit ami « *Tony Cambrera* » car les peines qu'ils encourraient pouvaient être très importantes, pendant ce temps elle restait cloitrée chez ses parents en compagnie de sa mère Géraldine et leur employée Mathilda.

Jean-Bernard, quant à lui, passait ses journées au bureau essayant de contenir les Avocats des nombreux hôpitaux qui avaient déjà porté plainte au sujet des médicaments dangereux fournis par MHEDEX.
Mais il avait aussi une autre chose en tête de laquelle il n'arrivait pas à se défaire et cette chose le tourmentait jour et nuit.
Il avait bien l'intention de connaitre l'adresse de « *Louis Lebrun* » son ancien directeur de recherche et ancien amant de son épouse Géraldine et accessoirement le géniteur de Léa.
Cette idée l'obsédait, alors il entama des recherches sur le web, qui ne tardèrent pas à être fructueuses.
Il savait que le mois d'après il y avait un colloque sur la recherche scientifique sur le cancer, à San Francisco, la ville ou habitait « *Louis Lebrun* ».

Pour lui c'était inespéré, il allait faire d'une pierre deux coups.

Assister au séminaire et rencontrer Lebrun.

Pour cette fois exceptionnellement il allait s'y rendre seul.

18

«San Francisco»

A peine arrivé à « *San Francisco Airport* » puis avoir déposé ses affaires à son hôtel, Jean-Bernard prit un taxi et se rendit à proximité de l'adresse de Louis Lebrun, pour observer le quartier.

Il connaissait désormais son adresse, il ne lui restait plus qu'une opportunité pour l'aborder.

Il allait marcher quelque temps dans les alentours, mais il ne le rencontra pas, alors il rentra à son hôtel et prépara avec soin, son intervention du lendemain devant l'assemblée.

Le jour suivant après-midi il fit de meme, sans le moindre succès.

Le troisième jour, il descendait le trottoir de la rue en pente et aperçut Louis Lebrun qui montait en sa direction.

Malgré les années passées il le reconnut à l'instant.

Arrivés à hauteur, les deux hommes croisèrent leur regard et se reconnurent immédiatement.

— Jean-Bernard ! c'est bien toi ? quelle coïncidence, mais c'est incroyable, que fais-tu par ici ?

— Louis, si je m'attendais à te rencontrer à San Francisco !

— Les affaires Louis toujours les affaires !
Mais tu vis ici où tu es en vacances ?

— Les vacances, mon dieu non, je travaille ici et tu vois la maison ocre qui fait coin, et bien c'est chez moi.

— Et tu vis seul ?

— Non je suis en couple avec une amie.

— Eh bien je suis heureux de t'avoir revu après

toutes ces années, je dois rentrer à l'hôtel pour préparer mon intervention, je fais partie du colloque sur le cancer.

— Attends, nous n'allons pas nous quitter comme ça, tu as bien le temps de prendre un verre ?

— Allez vient chez moi nous sommes à côté !

— Bon d'accord, puisque tu insistes !

— Tu sais, il n'y a pas que le travail dans la vie, il faut aussi savoir prendre un peu de bon temps !

— Tu as raison !

Alors ici c'est chez toi et ton amie ?

— Oui mais à cette heure-ci elle travaille.

— Je me suis toujours demandé pourquoi tu avais quitté MHEDEX !

— Oh ! je voulais voir ailleurs !

— Tu sais au labo on t'a bien regretté, tu m'as bougrement manquée et à Géraldine aussi, elle t'appréciait beaucoup tu sais !

— Oui moi aussi nous nous entendions bien !

— Effectivement je crois meme que vous étiez meme très proches.

À ce moment Jean-Bernard se lève et passe derrière Louis, sort une cordelette de sa poche et d'un geste brusque la passe autour de son cou et serre de toutes ses forces, au bout de quelques minutes Lebrun roule par terre sans vie.

Après avoir pris soin d'effacer toutes ses empreintes et les traces de son passage, Jean-Bernard quitta discrètement les lieux et marcha un bon moment avant de prendre un taxi pour se rendre à son hôtel.

Le lendemain il s'envola pour Paris et retrouva Géraldine et sa fille Léa.

Sans rien dire des ignobles faits de San Francisco, Jean-Bernard reprit ses activités comme si rien ne s'était passé.

La police de Californie n'avait aucune piste pour remonter jusqu'au meurtrier, car tout s'était déroulé à la perfection pour Poitiers et rien ne pouvait les relier, étant donné qu'il n'y avait pas eu le moindre témoin et que Jean-Bernard avait parfaitement fait disparaitre les traces de son bref passage.

Alors il n'allait jamais être inquiété par cette méprisable affaire.

Il avait ainsi résolu à sa manière ce dédaignable affront à sa dignité qui le tourmentait et qu'il ne supportait plus.

19

Au labo, meme si Jean-Bernard avait quelque peu retardé les inévitables actions de la justice, celles-ci avaient inexorablement continué leur parcours et Poitiers fût convoqué par le juge pour fournir des explications et éclairer le déjà volumineux dossier sur des plaintes de nombreux établissements de santé, qui avaient des fâcheux griefs au sujet des médicaments fournis par MHEDEX.
Cette affaire devenait de plus en plus embarrassante et ne tarderait pas à faire les grands titres des journaux, d'ailleurs, certains d'entre eux commençaient déjà à les évoquer, comme :
« De possibles problèmes concernant certains médicaments chez MHEDEX »

Ou encore

« MHEDEX pourrait commercialiser certains médicaments douteux contre le cancer »

Bien évidemment Jean-Bernard devait stopper immédiatement la prolifération de telles nouvelles, au risque de mettre en péril son entreprise.
Pour le moment ces fuites étaient relayées aux faits divers, mais elles pourraient parvenir rapidement au premier plan et ruiner irrémédiablement le labo.

Naturellement, pour Gérard Mercier c'était une excellente nouvelle, il jubilait, peut-être meme n'aurait-il pas à intervenir auprès des juges, en apportant ses preuves, les journalistes se chargeraient de l'accabler en faisant le travail à sa place.
Mais la tentation était trop grande, Gerard voulait voir son ancien despote mordre la poussière.
Alors il allait faire une nouvelle tentative en contactant Poitiers, mais cette fois il allait être beaucoup plus incisif et tranchant avec lui.
Toujours en maquillant sa voix il appela Jean-Bernard.
— Allo ! Bonjour ! êtes-vous Monsieur Poitiers ?
— Oui lui-même, à qui ai-je l'honneur ?

— Peu importe Monsieur, je suis au courant de vos contrats et accords avec les Chinois, qui vous fournissent des produits frelatés et que vous utilisez pour la fabrication de vos médicaments que vous surfacturez à vos clients, pourtant vous savez parfaitement qu'ils sont dangereux pour la santé, voire mortels !

— Et qu'est-ce qui vous permet de tenir de tels propos et calomnieuses affirmations ?

— Des preuves monsieur ! de nombreuses preuves vous accablant.

— Ah oui ! et je suppose que vous voulez de l'argent en échange de votre discrétion ?

— Nous verrons monsieur Poitiers, nous verrons, je vous donnerai de mes nouvelles.

Jean-Charles, accusa le coup mais resta stoïque, il en avait vu d'autres dans sa vie et il n'allait pas se laisser impressionner aussi facilement, cependant toutes ces contrariétés venaient une fois de plus s'acharner sur sa personne et le rendait de plus en plus irritable et ombrageux, d'autant qu'il ne comprenait pas ce soudain acharnement du destin.

C'était inexplicable et lui qui avait toujours si bien tout contrôlé dans sa vie voyait maintenant comment les choses lui échappaient.

Pourtant il avait vécu des périodes difficiles et problématiques dans son long parcours de chef d'entreprise, mais cette fois c'était autre chose, c'était certain, on voulait le faire plier et pour lui ce n'étaient pas de simples coïncidences, mais bel et bien un complot.

20

Prison de frênes, six heures du matin, à l'heure du lever, les sirènes se mirent à hurler.

Le détenu Tony Cambrera, n'était plus dans sa cellule Il s'était évadé.

Naturellement ce fut le grand branle-bas dans l'établissement pénitentiaire de l'Allée des Thuyas de Fresnes, au sud de Paris.

Tony avait réussi à se faire « *la belle* » en se dissimulant la veille au soir, parmi les cartons qui partaient aux ordures, il réussit ainsi facilement à fausser compagnie aux gardes qui ne s'attardaient pas trop à contrôler le camion des détritus et se retrouva très vite à l'extérieur de l'enceinte de la célèbre maison d'arrêt.

Il avait soigneusement placé sa couverture sur de nombreux vêtements et objets pour tromper les surveillant qui faisaient la ronde et jetaient un coup d'oeil furtif à travers le judas, durant la nuit.

Tony n'eut aucun mal à s'extraire du camion, car celui-ci devait emprunter l'autoroute A86, toujours encombré à cette heure, pour se rendre à la plateforme de recyclage des ordures du sud parisien.

Il sauta facilement du camion, juste avant l'avenue de Versailles *à* « *Choisy-le-Roi* » et disparut rapidement.

Une dizaine de minutes après, il allait agresser une automobiliste, arrêtée à un feu rouge en face du tennis club de la ville, l'extrayant de son véhicule sans le moindre ménagement et allait se diriger vers « *Creteil* » pour reprendre la A86 et rejoindre l'autoroute de l'est A4 à « *Saint Maurice* ».

Il se dirigea vers « *Marne-La-Vallée*» où il allait abandonner le véhicule sur le parking de Disney Village

Là, il n'eut aucune dificultée pour en dérober un autre, qui lui permit de revenir à Paris où il avait de nombreuses connaissances qui pouvaient l'héberger le temps nécessaire pour se faire oublier des autorités.

Il allait rester quelques semaines sans à peine sortir, chez son ami de toujours « *Denis Gautier* » faisant partie de la meme bande de malfrats.

Lorsqu'il décidait de faire un tour, toujours la nuit, il revêtait les habits habituels de son ami, généralement un survêtement toujours flanqué d'une large capuche.

Il avait rasé sa barbe, et portait désormais de fausses lunettes, ce qui le faisait se sentir en relative sécurité.

Mais le plus difficile pour lui c'était l'absence de Léa, qu'il n'était pas question d'essayer de joindre au téléphone, car il savait parfaitement la facilité avec laquelle, la Police pouvait localiser les appels.

Pourtant il devait trouver le moyen de la contacter, car son absence lui devenait insupportable.

Bien évidemment, il n'était pas question d'employer un quelconque moyen informatique, téléphone ou e-mail, alors il fallait trouver autre chose.

Et cette autre chose, c'était le courrier, une simple lettre envoyée par la bonne vieille Poste, c'était ce qu'il avait trouvé de plus anonyme et de moins traçable.

Alors il rédigea une petite missive, pour lui donner un rendez-vous, et son collègue Denis la plaça dans une boîte postale à l'autre bout de la ville.

Deux jours après elle arriva au domicile parmi le volumineux courrier des Poitiers Avenue du Gl. Mandel dans le 16e.

Léa récupéra la lettre et à peine avait-elle commencé à la lire, sauta littéralement de joie, lorsque son petit ami lui disait qu'il était libre et qu'il désirait la rencontrer au plus vite.

Elle ne comprenait pas tout, car Tony ne lui donnait pas de détails, mais le ravissement de pouvoir retrouver son amoureux la rendait délicieusement euphorique.

Enfin ils allaient être de nouveau ensemble, car depuis sa détention, Léa n'avait pas obtenu la moindre autorisation de visite au parloir et ils ne s'étaient pas revus.

Dans sa lettre, Tony lui donnait rendez-vous dans une petite brasserie, qu'ils connaissaient bien tenu par un de ses potes, en lui donnant toutes les explications pour éviter d'être éventuellement suivie par la Police.

Tony attendait Léa assis à une table près de la sortie de secours au cas où elle aurait été suivie.

Mais par chance pour eux, la Police n'avait pas eu la moindre information de cette rencontre, et les deux amoureux se jetèrent dans les bras avec ardeur.
Ils prirent place à la table et Léa interrogea.

— Cheri comment tu as fait pour t'évader ?

— C'est un peu rocambolesque, je te raconterai !

— Je suis super-contente de te retrouver, j'en pouvait plus d'attendre, mais j'étais certaine que tu trouverais le moyen de t'échapper !

— Oui Léa, moi aussi chaque jour sans toi, me rendait fou, alors il fallait que je te retrouve par n'importe quel moyen !
Et maintenant nous sommes là tous les deux, tu sais Denis mon pote nous a réservé une chambre discrète dans le quartier, j'ai hâte d'être enfin dans tes bras !

— Tu es génial mon chéri, allons-y je suis pressée, d'être seule avec toi, j'ai tellement attendu ce moment !

— Oui Léa, je ne pense qu'à ça, mais nous devons être très prudents, n'oublie pas que j'ai les Flics à mes trousses ! Tu as bien fait comme je te disais dans la lettre, pour vérifier que tu n'étais pas suivie ?

— Oui !oui ! t'en fais pas je suis certaine que personne sait que je suis là !

Il était près de vingt-deux heures et les petites rues du quartier étaient vides, Tony et Léa enlacés prirent la direction de l'hôtel à quelques rues de là.

Tony méfiant jetait un coup d'oeil de temps à autre en arrière pour s'assurer que personne ne les suivait.

Arrivés, ils montèrent les escaliers quatre à quatre pour se retrouver au premier étage.

Tony ouvrit la porte et tous deux pénétrèrent dans une petite mais coquette chambre et s'empressèrent de refermer à clef derrière eux.

Tony se précipita vers l'unique fenêtre et vit qu'elle donnait sur une minuscule cour intérieure, par où ils pourraient s'échapper si besoin, son ami avait suivi à la lettre les instructions pour la réservation de la chambre.

Maintenant un peu plus détendu il s'approcha de Léa et la prit fougueusement dans ses bras.

— Tu m'as trop manqué ma chérie, tu ne peux pas savoir, c'était trop dur d'être enfermé dans cette espèce d'asile, j'en devenais fou, tout le monde est dingue, les détenus comme les surveillants, c'est vraiment un monde à part, tu n'es jamais en sécurité, à n'importe quel moment quelqu'un peut te planter et je ne te parle pas des ignobles humiliations, je ne veux meme pas y penser.

Et puis tu n'étais pas là, tu m'as manqué tu sais, tu ne peux pas imaginer à quel point.

Je t'assure je ne veux plus y retourner non ! pour rien au monde !

— Mon pauvre chéri, ne t'en fais pas, nous allons disparaitre, nous irons à l'autre bout du monde s'il le faut, il n'est pas question que l'on passe en jugement car la sentence serait terrible ils ont trop de charges contre nous.

Ne t'en fais pas mon père à de l'argent on va s'en sortir et nous resterons ensemble pour toujours.

— Oui chérie, il faut absolument qu'on disparaisse, nous allons mettre au point un plan, mais pas maintenant, cette nuit nous avons mieux à faire !

Puis ils se jetèrent dans les bras l'un de l'autre.

21

Le lendemain Jean-Bernard allait recevoir à son bureau, une volumineuse lettre qui contenait des photocopies de bons d'achat signés de sa main et des factures passées au fournisseur chinois par MHEDEX.
Avec un simple « *Postit* » sur lequel figuraient ces quelques mots :

VOUS VOYEZ M. POITIERS JE NE PLAISANTE PAS

Jean-Bernard fit un petit malaise et s'écroula sur son fauteuil, cette fois, c'était trop.

Aussitôt, sa secrétaire accourut et appela les secours, qui ne tardèrent pas à se présenter, Poitiers commençait déjà à reprendre ses esprits.

Il l'interpela avec son index, elle s'approcha et Jean-Charles lui murmura discrètement quelques mots à l'oreille.

Elle remis les photocopies dans l'enveloppe puis elle plaça le tout dans le coffre-fort.

Jean-Charles malgré son refus, fut évacué par le SAMU et hospitalisé pour subir un bilan complet de son état de santé.

Géraldine se rendit aussitôt à son chevet.

Cette fois les choses devenaient sérieuses, c'était la première fois qu'il doutait de son inébranlable impétuosité et de son intrépide témérité.

Les résultats des analyses ne décélèrent aucune anomalie, grave, peut-être un simple coup de fatigue, il passa la nuit à l'hopital puis regagna son domicile le lendemain après-midi.

Son épouse Géraldine était seule.

— Léa est rentrée ?

Demanda Jean-Charles.

— Non je ne l'ai pas vue depuis hier, je pensais

qu'elle était allée prendre de tes nouvelles ?

— Et toi comment vas-tu ?

— Ça va ! juste un peu fatigué !

Léa n'est pas passée à l'hopital !

— Eh bien, je n'arrive pas à la joindre elle est partie un peu avant midi, nous devions déjeuner ensemble, mais depuis, je n'ai plus aucune nouvelle.

Le soir venu Léa n'avait toujours pas donné aucun signe de vie, mais la connaissant, ils allaient laisser passer la nuit.

La journée du lendemain passa sans nouvelles, ça commençait à devenir inquiétant.

Les Poitiers ne savaient plus quoi faire, car Léa était adulte.

Jean-Bernard se rendit à son bureau et fut accueilli chaleureusement par tous les employés en particulier sa secrétaire « *Lucie* ».

— Merci à tous, pour votre aimable accueil !

S'exclama-t-il.

— Lucie s'il vous plait, avez-vous bien rangé l'enveloppe comme je vous l'avais demandé ?

— Oui !oui ! bien sur monsieur Poitiers, tout est dans le coffre.

Jean-Charles ouvrit son coffre-fort, comme s'il voulait s'assurer qu'il n'avait pas rêvé, mais l'enveloppe était bien là.

Il la pris, la sortit et examina une à une chaque feuille, c'étaient bien des copies des vrais documents, il n'y avait pas le moindre doute.

Qu'allait-il faire maintenant, peu de choix s'offraient à lui, l'excrot détenait des documents qui pouvaient ruiner son entreprise, mais aussi toute sa famille, car il allait perdre tous ses avoirs et à coup sûr, il allait être condamné à une lourde peine de prison.

Alors la peur au ventre il allait attendre que le minable escroc se manifeste et dévoile ses intentions.

Une semaine passa et pas la moindre nouvelle de son infâme et misérable canaille.

22

Pendant ce temps toujours pas la moindre nouvelle de Léa, mais la presse relatait chaque jour l'évasion de Tony Cambrera et les Poitiers n'avaient pas tardé à faire le rapprochement avec sa disparition.
Le Capitaine Pélletier se présenta chez les Poitiers, bien évidemment Géraldine et Jean-Bernard s'attendaient tôt ou tard à cette visite.

— Monsieur et madame Poitiers, avez-vous des nouvelles de votre fille ou de son petit ami Tony Cambera ?

— Non Capitaine, pas la moindre et nous sommes inquiets pour notre fille !
Répliqua Géraldine.

— Mais pourquoi n'avez-vous pas signalé sa disparition ?

— Mais Capitaine ! repris Jean-Bernard un peu Affligé.

Vous savez qu'elle est adulte, de quel droit voudriez-vous que l'on se mêle de sa vie, elle fait ce qu'elle veut et elle n'a pas à nous demander la permission.

— C'est certain ! mais à votre place, je me serais inquiété, mais vous avez sans doute raison, elle à sa vie !

En tout cas, je compte sur vous pour me tenir au courant si elle ou son ami apparaissent, vous savez si elle est mêlée de quelque manière à son évasion, elle finira en prison et je doute que le juge lui accorde la liberté jusqu'à son procès.

— Très bien Capitaine, comptez sur nous !

Une fois le policier parti, Géraldine rompit en larmes,

— Mon dieu ! ou est-elle maintenant, elle va me rendre folle !

— C'est plus que certain! Affirma Jean-Bernard, elle est avec ce voyou de Tony, elle ne comprendra donc jamais, elle ne sait pas ce qu'elle fait, cette fois, elle va se retrouver en prison, ou pire, ce mec est capable de tout pour échapper à la justice et Léa risque de payer à sa place, c'est sûr !

— Ne dis pas ça ! s'il te plait !
Implora Géraldine.

— Mais ouvre les yeux ! elle est folle de lui, il va la manipuler à sa guise et l'asservir pour la pousser à assumer toute la responsabilité à sa place, c'est évident, ou pire s'il est obligé de fuir il pourrait meme s'en servir comme otage et meme s'en débarrasser si nécessaire.

— Mais que pouvons-nous faire pour la tirer de là ?

— Je crains que nous ne puissions pas la localiser car elle est injoignable et meme si nous arrivions à lui parler, je doute qu'elle veuille seulement nous écouter. De toute manière la Police a des moyens que nous n'avons pas et si quelqu'un peut la trouver je crains que ce ne soit eux.

— Espérons au moins qu'on ne lui ait pas fait de mal !

— Oui ! par ce que de toute manière, elle devra rendre des comptes à la justice.

23

Pour Tony et Léa ça devenait urgent, ils devaient rapidement trouver le moyen de se procurer de l'argent s'ils voulaient échapper à la Police.

Alors peu de solutions s'offraient à eux, surtout qu'il leur faudrait une somme très importante pour vivre dans la clandestinité et pour voyager.

Que faire ?

Un braquage non, les risques étaient trop grands et de plus ils n'avaient jamais fait cela, c'était impossible, ils n'étaient pas des professionnels et ils n'avaient pas les moyens de se procurer des armes et à deux ils n'iraient pas loin, le risque était beaucoup trop important, alors quoi d'autre ?

Tony étant dans l'impossibilité d'apporter le moindre euro, tous ses avoirs ayant été saisis lors de la perquisition, la seule solution était toute trouvée, c'était de feindre un enlèvement de Léa et demander une rançon à ses parents.

Tous deux tombèrent d'accord sur cette solution.

— Oui Tony ! faisons cela, ils ont de quoi payer et ils vont accepter c'est sûr !

— Ok Léa ! si tu es d'accord, on va essayer !

Nous allons faire une petite mise en scène avec toi et prendre une photo, il faut que ça soit crédible !

— D'accord !

Léa débrailla négligemment ses vêtements, ébouriffa sa chevelure et fit couler son maquillage, puis elle s'assied sur une chaise placée dans un coin de la pièce ensuite Tony lui entrava les poignets et les pieds et enroula son corps avec du ruban adhésif.

Il prit le journal du jour et le plaça bien en évidence sur ses genoux.

Puis Tony allait prendre une photo de Léa avec son smartphone.

Le surlendemain, les Poitiers allaient recevoir une lettre qui leur glaça le sang.

Dans l'enveloppe ils allaient trouver la photo de Léa dans un état lamentable, accompagnée d'une lettre manuscrite disant :

Monsieur et Madame Poitiers,
Nous détenons votre fille Léa, pour le moment elle est en bonne santé, mais si vous voulez la revoir vivante, vous devrez nous verser la somme de un million d'euros en billets usagés et en différentes coupures n'excédant pas cent euros et dont les numéros de série ne soient pas consécutifs ni marqués d'aucune façon.
Important.
Si les autorités sont prévenues, vous ne reverrez plus jamais votre fille vivante et elle vous sera livrée découpée en morceaux à votre domicile.
Vous avez cinq jours pour réunir l'argent.
Nous allons prendre contact avec vous pour les modalités

C.T.F.

Géraldine et Jean-Bernard, n'en croyaient pas leurs yeux, c'était comme dans un cauchemar, ils regardaient la photo et relisaient la lettre tour à tour, puis ils recommençaient.

Que se passait-il dans leurs vies, quelle tempête, quelle tourmente quel cataclysme s'abattait sur leur famille.

Comment cela était-il possible.

Ils restaient là face à face les documents entre leurs mains, sans dire un mot, comme figés.

Puis le temps passant, ils commençaient à se demander comment allaient-ils payer cette somme sans éveiller des soupçons.

— Écoute Géraldine, sois tranquille, nous allons payer, en rapatriant les cinq cent mille euros de notre compte en Suisse, cela fera déjà la moitié, pour le reste nous allons hypothéquer nos deux appartements, celui-ci et celui de l'avenue Foch.

Par la suite je vais m'arranger avec notre banquier.

— Mais que se passera-t-il si nous ne pouvons pas rembourser les traites des hypothèques, nous allons perdre nos appartements et nous retrouver à la rue.

— Sois tranquille tu oublies que nous avons MHEDEX.

Mais Jean-Charles lors de son hospitalisation à cause de son petit malaise, que l'on attribua à la fatigue, ne révéla jamais à Géraldine, le contenu de la volumineuse lettre qu'il avait reçue à son bureau, avec les photocopies des documents compromettants impliquant les produits élaborés dans son labo.

Pour lui, c'était certain, on allait lui demander de l'argent en contrepartie de la destruction des preuves de son implication dans la fabrication de produits douteux.

Alors dans ce cas, comment pourrait-il faire face à cette nouvelle demande ?

Poitiers se trouvait pris entre deux feux, comment allait-il pouvoir oeuvrer si le maitre-chanteur lui réclamait une grosse somme.

Il ne dormait plus et mangeait à peine, complètement accablé par les événements, il errait comme hors du temps, la journée il tournait en rond dans son bureau et le soir il restait assis dans son fauteuil anéanti, sans à peine parler.

Géraldine de son côté, attendait avec appréhension et inquiétude les injonctions des ravisseurs.

— Jean-Charles ! tu as pu réunir la somme qu'ils nous demandent ?

— Oui ! j'ai tout réglé, le banquier, nous à accordé une hypothèque de cinq cent mille euros pour nos deux appartements, j'ai tout l'argent dans le coffre du labo, soit tranquille.

Attendons maintenant leur contact.

Cette malheureuse histoire avait rapproché le couple qui battait de l'aile à cause de la paternité de Léa.

Alors Jean-Bernard, après avoir hésité, décida de lui parler du second problème qui concernait MHEDEX.

Géraldine, naturellement fut attérée par la nouvelle.

— Ne te tracasse pas, sois forte ! nous allons nous en sortir, comme toujours.

Mais il savait parfaitement que cette fois c'était différent, il était dans une situation catastrophique et contrairement à d'autres adversités qu'il avait pu surmonter le long de sa vie, celle-ci pourrait lui être fatale et le conduire à la ruine.

24

Cinq jours plus tard, les Poitiers allaient recevoir une seconde lettre des « *ravisseurs* » avec seulement ces quelques mots :

Si vous avez la totalité de l'argent demandé, accrochez un chiffon rouge bien visible à votre balcon.

C.T.F.

Géraldine chercha rapidement dans ses placards et trouva un « *T-shirt rouge* » de son mari et le noua solidement à la balustrade.

L'après-midi, Léa quitta discrètement l'hôtel où ils logeaient et emprunta le métro « *Porte de Pantin* » situé juste à coté et regagna la station « *rue de la Pompe* » à quelques centaines de mètres de l'appartement de ses parents.

Elle aperçut immédiatement le tissu rouge et reprit aussitôt le chemin de retour.

Arrivée à leur chambre, elle se jeta au cou de Tony.

— C'est bon chéri ! ils ont l'argent, c'est génial, nous allons fêter ça, j'ai acheté une bouteille de champagne et de la nourriture pour quelques jours, nous devons nous débrouiller avec les cinq cents euros qu'il me reste en liquide, car bien évidemment il ne faut pas utiliser ma carte, c'est beaucoup trop dangereux.

— C'est super ! S'exclama Tony, nous allons passer à la phase suivante, j'ai déjà cogité sur la manière de le récupérer discrètement.

Je connais très bien une aire de repos sur l'A4, elle m'a déjà servi de rendez-vous, nous allons demander d'y déposer l'argent et nous allons le suivre en voiture.

— En voiture ? mais nous n'en avons pas ?

— Ne t'en fais pas, ça c'est mon affaire !
Regarde, j'ai déjà rédigé la lettre avec les instructions que nous allons leur envoyer.

Après-demain à 22 heures, déposer l'argent dans un grand sac à ordures noir, derrière le dépôt à déchets du coin piquenique qui juste le bâtiment sanitaire de l'Aire de Romigny a environ 120 km de Paris sur l'autoroute de l'est A4.

Vous devez venir seul, le lieu sera surveillé par notre Organisation, si tout se passe bien, votre fille sera chez vous le soir meme, mais bien évidemment si vous ne respectez pas les instructions, ou que la Police est prévenue, vous connaissez les conséquences.

C.T.F.

Comme convenu, Jean-Bernard, allait exécuter les consignes à la lettre.
Le soir venu, vers vingt et une heures, alors qu'il était seul dans le labo, il allait placer les billets qu'il gardait dans son coffre dans un grand sac noir pour ordures et le déposer dans le coffre de sa « Mercedes ».

Tony cambrera qui n'avait eu aucune dificultée à dérober une superbe « *BMW Série 2 Gran Coupé* » au courant de l'après-midi, accompagné de Léa, attendaient à proximité, le départ de Jean-Bernard.

Dès que celui-ci démarra, Tony et Léa allaient le suivre discrètement.

Ils allaient emprunter la direction de Charenton-le-Pont et s'engager sur l'autoroute de l'est.

Une heure après, Poitiers aperçut le panneau annonçant « *l'Aire de Romigny* » et s'engagea vers l'accès, Tony allait le suivre quelques minutes après en évitant de se faire remarquer.

Les lieux étaient presque déserts, mis à part deux poids lourds étrangers, qui visiblement se reposaient pour la nuit.

Jean-Bernard aperçut rapidement le dépôt de déchets tout juste derrière le bâtiment des sanitaires, exactement comme indiqué sur la lettre.

Il stationna son véhicule juste à côté et sortit le sac contenant les billets de son coffre et le déposa sur le sol, puis repris l'autoroute, à quelques kilomètres il quitta l'A4 par la sortie vingt-deux à « *Tinqueux* » juste avant l'agglomération de « *Reims* ».

Aussitôt parti, Tony approcha lentement et s'arrêta devant le sac noir, il descendit de voiture et alluma une cigarette tout en scrutant le moindre mouvement ou brouit suspect, ne décelant rien d'anormal, il lâcha son mégot et prit rapidement le butin, le jeta négligemment dans le fond du coffre et démarra sur les chapeaux de roue.

Ils empruntèrent le meme itinéraire que Poitiers et regagnèrent « *Pantin* » pour rejoindre leur cache.

Tony déposa Léa et le « *magot* » à l'hôtel et abandonna la BMW quelques rues plus loin, dans la « Z.A.C. Hoche » portières ouvertes et clefs sur le contact.

— Ma belle ! Se dit-il, je sens que tu vas changer bientôt de propriétaire !

Puis il rallia rapidement l'hôtel à pied.

Léa était là, sur le lit, entourée de billets de banque.

— Tony regarde ! nous sommes riches, tout en se roulant comme une gamine, sur l'argent qu'elle avait éparpillé. Sur le couvre-lit.

Tony la rejoint et la pris dans ses bras, puis ils allaient fougueusement faire l'amour sur ce curieux matelas de papier.

Quelque temps après, désormais plus apaisés, ils allaient s'assoir à la petite table pour dîner avec les quelques victuailles que Léa avait apportées la veille et profiter pour parler de la suite, car il fallait maintenant se mettre en sécurité avec l'argent et surtout trouver le moyen de pouvoir s'en servir normalement avec deux cartes bancaires et deux chéquiers, car les paiement en liquide étaient limités à mille euros.

— Tony ! comment faire pour déposer une telle somme et avoir ces moyens de paiement ? Aucune banque n'acceptera cet argent sans poser des questions tu le sais ?

— J'en connais une ! C'est la G.B. « *Gypsy Bank* » Tous les gens du voyage la connaissent et l'utilisent, par contre ils prennent cinq pour cent pour leurs frais. Elle bénéficie d'un statut à part et à été créé spécialement pour cette catégorie de personnes qui n'ont pas de domicile fixe et sont presque toujours payées en cash.

— Bon c'est acceptable, de toute manière on n'a pas tellement le choix.

— Oui ! D'autant que l'on dispose de tous les services des autres Banques et les dépôts en liquide sont sans limite et surtout sans questions embarrassantes.

— Alors n'en parlons plus, c'est réglé, nous allons y déposer l'argent.

— Oui ! mais il nous reste à régler une question primordiale, n'oublie pas que nous sommes recherchés par la Police, alors nous devons décider avant toute chose, de trouver un endroit pour nous mettre à l'abri ou vivre tranquilles.

— C'est vrai, je l'avais presque oublié !

— Nous avons le choix, car nous pourrons récupérer notre argent presque partout, mais il faut impérativement éviter les distributeurs automatiques des autres banques.

— Bon on fait comment maintenant ?

— La première des choses est de mettre l'argent à l'abri, après nous allons choisir un de ces paradis, dans les Caraïbes, qu'est-ce que tu en penses ?

— À génial bien sûr ! Tony, tu es un génie ! tu es mon génie !

— Écoute chérie ! je vais déposer l'argent à la Banque, il vaut mieux que j'y aille seul, c'est moins risqué et ils ne font de confiance qu'a l'un des leurs. Attends-moi tranquillement, ici tu ne risques rien, je serais de retour dans quarante-cinq minutes, et après nous allons nous occuper de nous.

— D'accord chéri, je vais réfléchir à l'endroit qui me plairait, je t'attends, soit prudent.

— Ne t'en fais pas, attends-moi tranquillement.

Mais bien évidemment, Tony n'avait pas l'intention de revenir il savait ce qu'il voulait, Léa ne l'intéressait plus, surtout depuis qu'elle l'avait quitté pour se fiancer avec Gabriel, et l'avait laissé tomber du jour au lendemain sans aucune explication et cela, il ne lui avait jamais pardonné.

Il tenait là sa vengeance et en meme temps une inespérée somme d'argent, alors il avait tout fait pour la mener en bateau.

Quant à la fameuse G.B. « *Gypsy Bank* », elle n'existait pas bien entendu.

Tony avait tout manigancé pour s'approprier toute la rançon, Léa n'avait jamais été incluse dans ses plans et il avait une tout autre destinée pour elle.

Il allait se rendre chez un passeur pour déposer l'argent sur un compte en suisse et disparaitre en se rendant à Barcelone par la route, puis prendre un vol pour. « *Rio de Janeiro* ».

Léa Passa toute l'après-midi et toute la nuit à l'attendre, désespérée de ne pas le voir revenir, elle ne savait plus quoi faire, ni quoi penser.

Toutes sortes d'idées lui passaient par la tête, mais elle comprit très vite, qu'elle s'était fait avoir, et que Tony ne lui avait pas pardonné et s'était clairement vengé.

Alors il ne lui restait plus qu'une chose à faire, retourner chez ses parents.

C'est ce qu'elle fit dès le lendemain matin.

Lorsqu'elle arriva, Avenue du Gl. Mandel, Géraldine et Jean-Bernard, l'accueillirent avec une immense et indescriptible joie.

— Léa ma chérie, ils t'ont libéré, ils ne t'ont pas fait de mal au moins ?

Nous avons eu si peur ! Mais maintenant tu es là, c'est extraordinaire.

— Oui ! nous n'étions pas sûrs qu'ils allaient tenir parole, mais heureusement tout finit bien.

Effectivement la fin pour Léa pensaient-ils, avait été heureuse, mais Les Poitiers se trouvaient désormais dans une périlleuse situation, sans plus aucune économie et à la merci de la banque, qui au premier faux pas, leur prendraient les deux appartements hypothéqués.

25

Tony arriva sans encombres à Barcelone et abandonna le véhicule qu'il avait volé dans l'immense parking puis se dirigea vers le guichet « *d'Iberia* » et demanda un aller simple sur le premier vol en partance pour Rio.

Sans le moindre problème, presque détendu, il s'apprêtait à passer la douane.

Mais l'agent, tout d'abord souriant consulta à plusieurs reprises le passeport et son écran d'ordinateur.

Son visage soudain changea.

— *« Un momento por favor »* (Un moment s'il vous plait).

Le fonctionnaire décrocha son combiné et trente secondes après deux agents de *« la Guardia Civil »* étaient là.

Tony se mit presque à trembler.

— Pouvez-vous nous suivre s'il-vous plait ?

Il s'exécuta à l'instant, il avait compris que les graves ennuis allaient commencer pour lui, mais il s'était juré qu'il ne retournerait pas en prison, alors il se jeta sur l'un des agents et réussit à le faire chuter et lui substituer son arme de service.

Puis fit feu sur le second agent qui avait dégainé son pistolet et Tony l'abattit froidement, ensuite, sans lui laisser la moindre chance, il tira à deux reprises sur celui qui gisait sur le sol.

Un indescriptible chambardement se produisit dans le hall, ce fut un véritable affolement parmi les voyageurs, qui transforma tout le terminal en un chambardement provoquant un chaos et un tumulte indescriptible.

Tony, pistolet en main regagna l'extérieur et déroba un véhicule, en éjectant le conducteur qui attendait sur l'aire de dépose minute.

Il emprunta immédiatement la bretelle de sortie et s'engagea sur l'autoroute 32 en direction de Barcelone. Arrivé à « *El Parque de Cervantes* », il prit sur sa droite, la « *Avenida Diagonal* » ou il allait abandonner le véhicule et s'engouffrer dans le métro, station « *Zona Universitaria* ».

Ensuite il allait chercher sur le plan du métro la station qui le mènerait à « *las Ranblas* » dont il connaissait le nom et descendit à la station « *Liceu* ».

Là parmi la foule toujours aussi présente, il allait pouvoir se sentir protégé.

Désormais plus soulagé, il prit le temps de se restaurer et de chercher dans les ruelles de la vieille ville, un « *hostal* » sorte de petit hôtel pourvu des services minimums, qu'il ne tarda pas à trouver.

Il s'installa dans une petite chambre au deuxième étage, sommairement meublée d'un lit une petite armoire et un minuscule coin sanitaires, avec une fenêtre qui donnait sur une ruelle bruyante typique de la vieille ville.

Là il se sentait en sécurité, car on ne lui demanda aucun document, il suffisait de payer sa chambre d'avance.

Mais les ruelles de la vieille ville, étant fréquentées par toutes sortes de malfrats, et dealers, grouillaient aussi de délinquants repentis, réquisitionnés par la Police comme délateurs à leur service et Tony qui dès le lendemain faisait les gros titres des journaux et chaines d'information en continu, ne pouvait échapper à ces informateurs qui voulaient s'attirer les bonnes grâces de la Justice en contribuant à l'arrestation d'un « *gros poisson* ».

Cependant Tony en délinquant aguerri, flaira le piège et dès la nuit suivante, grimée au maximum, il déroba un véhicule et allait se mettre « *au vert* » en quittant discrètement sa planque et abandonna Barcelone pour un endroit plus sûr dans un des villages de la côte catalane.

Pour cela il emprunta la nationale 10 qui longeait le bord de mer et arrivé à hauteur de « *Can Sagrera* », il bifurqua sur sa droite pour se retrouver sur « *Arenys de Mar* », station de plaisance et important port plaisancier de la « *Costa Dorada* ».

Il descendit tranquillement la rue principale qui menait au port de plaisance et aux plages. Et s'engagea sur le « *Passeig Xifré* » large promenade qui longeait le port et les plages, en direction du sud, ne sachant ou aller, il s'arrêta devant le camping « *El Carlitos* » et demanda

S'ils avaient un bungalow de libre, par chance il put en louer un, mais à l'accueil on lui demanda sa pièce d'identité ou son passeport.

Il allait répondre qu'on venait de lui voler tous ses documents et qu'il allait porter plainte dès le lendemain, et qu'il fournirait le document sans faute.

On lui remit la clef de son habitation et Tony après avoir dissimulé au maximum le véhicule volé, s'installa dans sa nouvelle demeure.

Après avoir acheté quelques victuailles pour son diner, à la supérette, il put enfin se coucher pour essayer de dormir.

26

À Paris, Gérard Mercier allait passer désormais aux choses sérieuses.

Il contacta Jean-Bernard à son bureau du Labo, et sa secrétaire décrocha.

— Allo bonjour ! pourrai-je parler à monsieur Poitiers s'il vous plait ?

Annonça-t-il avec sa voix déguisée comme d'habitude.

— Oui, un instant je vous le passe !

— Bonjour Monsieur, je suppose que vous

reconnaissez ma voix, n'est-ce pas ?

— Oui très bien !

Allez-vous me dire ce que vous voulez une fois pour toutes !

Répondis Jean-Bernard d'un air énervé.

— Eh bien ! C'est tout simple, je veux MHEDEX !

— Vous voulez quoi ?

— Vous avez très bien compris monsieur Poitiers.

Un long silence allait suivre, Jean-Bernard avait tout imaginé, mais pas cela, pas que l'on lui prenne son entreprise, elle était pour lui plus qu'un laboratoire, c'était toute sa vie et il l'avait hérité de ses parents et elle serait plus tard à sa fille unique Léa.

Alors non ! tout sauf cela.

Ses pensées furent soudainement interrompues par Gérard.

— Allo ! vous êtes toujours là !

— Oui ! Et vous n'aurez jamais mon entreprise, c'est bien compris !

— Monsieur Poitiers ! À votre place je ne serais pas si catégorique !

— Monsieur peu importe votre nom ! Je vais porter

plainte contre X pour harcèlement et tentative de chantage !

— Êtes-vous bien certain que c'est bien votre intérêt ?

Vous allez vous jeter dans la gueule du loup.

La justice ne va pas vous louper, vous le savez parfaitement, alors à votre place je serais plus arrangeant et moins arrogant.

Tenez pour vous prouver que je ne suis pas si inhumain, je vous propose meme un emploi dans MHEDEX.

— Mais vous êtes fou ! vous croyez que je vais me laisser faire et rester les bras croisés.

— Bon cela suffit ! fini de jouer, vous allez accepter mon offre sinon ces documents seront demain sur le bureau du juge.

Écoutez bien ! Je ne vais pas vous voler vôtre entreprise, je vais vous l'acheter pour le prix qu'elle vaut aujourd'hui, c'est-à-dire Dix mille euros.

Et je suis généreux, avec cette somme vous pourrez vous payer un camping-car, car j'ai entendu dire que vous avez hypothéqué vos appartements je me trompe ?

— Mais vous êtes fou ! vous croyez que vous allez avoir mon Labo pour cette somme ridicule ?

— Oui Monsieur ! et je vous conseille d'accepter, le prix de l'offre pourrait baisser !

Écoutez bien ! je vous laisse jusqu'à demain pour prendre votre décision, après cette offre cesserai d'être valable.

À demain Monsieur Poitiers !

Jean-Bernard n'en revenait pas, comment était-ce possible, comment pouvait-on l'humilier de la sorte, c'était une situation presque irréelle, cette personne qui le harcelait, était-il fou, avait-il toute la tête pour oser tenir de tels propos et impertinentes allégations.

Mais comment risquer d'ignorer ses menaces, car il savait parfaitement que si la justice mettait son nez dans ses affaires, il allait tout perdre, son labo bien entendu, mais il allait se retrouver en prison pour de longues années, à cause de ses médicaments nocifs qu'il vendait qui plus est au prix fort.

Poitiers, ne savait plus quoi faire, il était complètement dépassé par tous les événements qu'il avait endurés depuis ces quelques semaines, et pour finir, il subissait l'estocade, on voulait son Labo, la seule chose et l'unique source de revenus qu'il lui restait.

Il était quatorze heures, il prit sa sacoche et rentra chez lui, Géraldine étonnée de le voir si tôt, lui qui n'arrivait jamais chez lui avant vingt et une heures, fut complètement surprise.

— Jean-Bernard ! qu'est-ce que tu as tu est malade ?

— Non ! enfin pas au sens que tu l'entends, je suis complètement déboussolé.
Je crois que cette fois nous n'allons pas nous en sortir !

— Mais qu'est-ce qui t'arrive, je ne t'ai jamais vu comme cela. Tu me fais peur !
Jean-Bernard allait expliquer à son épouse les insensées exigences d'un maitre chanteur dont il ignorait le nom, mais qu'il voyait déterminé à mettre ses dramatiques menaces à exécution, si on ne lui cédait pas le Labo pour cette somme ridicule.

— Mais on ne peut rien faire ?
Questionna Géraldine, dans tous ses états.

— Je crains que non !
Nous sommes totalement coincés, car comme tu sais nos produits ne sont pas acceptables, pire ils seraient meme dangereux.

— Mais qu'allons-nous devenir ?

— Je ne sais pas Géraldine ! Je ne sais pas !Plutôt si !
Nous allons nous retrouver à la rue et pour moi, ce serait un miracle si j'échappe à de longues années d'emprisonnement.

Géraldine tout d'un coup, se sentit mal et s'écroula sur le divan, alors Jean-Bernard se précipita à ses côtés et lui prit la main essayant de la rassurer.

— Mais voyons ! ne te mets pas dans ces états, tu verras nous trouverons une solution.

Il essayait de la rassurer, mais lui-même n'avait pas de réponse pour résoudre l'angoissante situation qu'ils vivaient.

— Demain il doit me contacter pour avoir une réponse, je vais tout essayer pour le faire changer d'avis et le raisonner, parce que cette histoire est une pure folie.

Pour moi, c'est l'œuvre d'un illuminé ou d'un inconscient frénétique, personne d'insensé ne se conduit de la sorte.

— J'espère que tu as raison et que ce cauchemar va s'arrêter.

— Oui ! Fais-moi confiance, je vais le raisonner, tu sais, j'en ai vu d'autres.

Jean-Bernard, en tentant de rassurer son épouse, essayait inconsciemment de se convaincre lui-même, car il savait qu'il n'avait aucun levier ou justification à opposer à son insaisissable personnage.

Le lendemain comme prévu, Gérard allait contacter Jean-Bernard.

— Alors ! avez-vous réfléchi à mon offre !

— Écoutez ! pourquoi ne nous rencontrons nous pas, Je suis certain que nous pourrions arriver à un accord, qui nous satisfasse tous les deux !

— Mais je crois que vous n'avez pas bien compris ! Je veux vous acheter MHEDEX et son prix actuel ne dépasse pas dix mille euros et vous le savez parfaitement, si j'étais méchant je dirais meme que sa valeur n'excède pas le prix de récupération des matériaux.

Vous savez ! que votre labo est ruiné tout comme vous, il est mêlé à la production de médicaments dangereux, élaborés avec des importations de matières douteuses chinoises.

— Il me semble que vous n'êtes pas au courant, nous avons rompu notre contrat avec les Chinois et désormais nos matières sont toutes estampillées d'origine française.

— Oui je sais tout cela ! Mais il est trop tard, le mal est fait, votre nom sera toujours associé au scandale qui commence et qui va se répandre.

— Mais si mon labo est en si mauvaise posture, pourquoi tenez-vous absolument à l'acquérir ?

— Je vais vous l'expliquer puisque vous y tenez tant ! Tout simplement pour vous éviter la longue peine de prison et le déshonneur qui vous attend !

— Je ne comprends pas ? De quoi parlez-vous ?

— Monsieur Poitiers, vous n'êtes pas naïf, vous savez parfaitement que si je divulgue mes documents à la presse, vous allez au-devant d'un tel scandale qui vous mènera irrémédiablement à un procès duquel aucun des meilleurs Avocats ne vous évitera une longue condamnation financière accompagnée d'une lourde peine de prison.

Pour vous et votre famille ce sera la ruine, car vous ne pourrez pas faire face à la colossale somme d'argent dont vous aurez à vous acquitter.

C'est cela que vous voulez ?

— Non !non ! bien entendu ! Mais pourriez-vous m'accorder vingt-quatre heures pour y réfléchir.

— Bon d'accord ! Mais pas une de plus, vous voyez que je suis arrangeant, vous savez, je ne veux que votre bien ! Au revoir monsieur Poitiers à demain meme heure !

Stop.

A peine avait-il raccroché avec Gérard, qu'il appela son banquier Jean-Yves Delorme.

Une idée lui était passée par la tête, donner les dix mille euros en cash à l'inconnu pour qu'on le laisse tranquille.

— Bonjour Jean-Yves ! Comment vas-tu ?

— Tu vois au boulot comme toujours !

— Écoute ! J'ai un petit souci, mais c'est urgent, pourrais-tu me recevoir aujourd'hui ?

— Oui bien entendu, passe quand tu veux je n'ai rien de spécial prévu ce matin.

— À génial ! À onze heures ça te va ?

— À onze heures, c'est parfait ! à tout à l'heure « tchao ».

Jean-Bernard prit quelques documents dans son coffre-fort, les plaça dans sa mallette et se rendit directement à son rendez-vous.

À la Banque, Jean-Yves Delorme son banquier l'attendait.

— Bonjour Jean-Yves

— Bonjour Jean-Bernard ! Alors quelle est cette urgence dont tu me parlais ?

— J'aurais besoin d'un prêt de dix mille euros, tu penses que c'est possible ?

— Attends ! tu n'oublies pas que tu as les hypothèques des deux appartements et par ailleurs, les revenus du Labo ont brusquement chuté,

— Oui c'est exact j'ai changé de fournisseur, maintenant les produits sont meilleurs, mais beaucoup plus chers, c'est certain que mon chiffre d'affaires a fait une chute vertigineuse, mais je te rassure ce n'est que passager.

Jean-Bernard sortit les nouveaux contrats d'achat de matière première et les montra à son ami Jean-Yves.

— Regarde les nouveaux prix par rapport aux anciens, ils sont presque deux fois plus chers !

— Mais pourquoi as-tu changé de pourvoyeur ?

— Oh ! à cause des foutues normes, elles sont chaque fois plus contraignantes !

— Je comprends mieux ta soudaine chute des rentrées, mais tu es certain que tu vas pouvoir répercuter la différence sur tes médicaments ?

— Oui ! pas de problème, tu sais que ce sont des nouvelles molécules extrêmement efficaces sur le cancer, personne ne voudra s'en passer et revenir aux anciens traitements, c'est certain.

— Bon ! en ce qui me concerne, je ne vois aucun souci, mais comme tu sais le dossier doit passer en commission.

— Oui je sais ! et je compte sur ton appui,
naturellement.

— Voyons, tu sais que je ferais l'impossible !
D'ailleurs, je vais le taper moi-même à l'instant, tu vas
le signer et je vais l'inclure aux validations de demain la
réunion est pour dix-heures.
Je t'appellerais aussitôt pour te confirmer la décision.

— Merci beaucoup Jean-Yves, j'attends ton coup de
fil avec impatience.

— De rien voyons ! Au fait Géraldine et Léa,
comment vont-elles ?

— Bien ! bien, très bien ! Toujours en pleine forme.
Jean-Bernard confiant, quitta la banque et retourna au
bureau.
C'était sur, son ami allait lui accorder le prêt avec lequel
il pouvait se débarrasser de son maitre chanteur. Le
soir lorsqu'il rentra chez lui, il ne dit mot de cette
démarche à Géraldine, il avait décidé de régler cette
affaire seul, comme il avait presque toujours fait.

27

Tony se croyait en relative sécurité, dans le camping, meme si en définitive, il n'avait pas pu fournir le moindre document d'identité à l'accueil, cependant les agents du « *C.N.I. Centro Nacional de Inteligencia* » étaient sur ses traces et n'allaient pas le laisser filer aussi facilement.

Il fut rapidement localisé par les Policiers qui mirent en place une surveillance constante pour évaluer le meilleur moment de l'appréhender sans mettre en danger les autres occupants du camping parmi lesquels se trouvaient un grand nombre d'enfants.

Faire intervenir les « *G.E.O. Grupo Especial de Operaciones* » parmi la foule était extrêmement risqué, surtout que l'on savait que Tony Cambrera était armé et prêt à tout.

Alors il fut décidé d'intervenir en dehors du camp, lorsque celui-ci quittait les lieux en voiture pour se rendre à un quelconque ravitaillement.

Les policiers le prirent en filature à plusieurs reprises pour déterminer le meilleur endroit pour l'intervention et l'arrestation.

Ils n'allaient pas tarder à monter l'opération, car ils craignaient qu'il ne disparaisse de nouveau, alors quatre jours après, connaissant ses habituels déplacements pour se ravitailler en nourriture, ils placèrent un barrage filtrant sur la petite route qui longeait la côte par laquelle il se rendait invariablement chaque jour pour effectuer ses achats.

Bien entendu dès qu'il quitta le camping, il fut pris en filature par plusieurs véhicules de police banalisés.

Mais arrivant près du rond-point ou avait été placé le barrage, Tony au lieu de ralentir, appuya de tout son poids sur la pédale d'accélérateur et percuta les deux voitures de police placées en travers de la chaussée puis fit un tonneau par-dessus de la glissière de sécurité et se précipita dans le vide s'écrasant contre les rochers qui bordaient la mer en contrebas.

Les secours arrivés rapidement, ne purent que constater son décès.

28

Le lendemain matin vers dix heures, Jean-Bernard allait recevoir l'appel de Gérard Mercier comme prévu.

— Alors monsieur Poitiers, vous avez réfléchi ?

— Oui ! J'ai fait des démarches, je vais vous régler les dix mille euros que vous exigez pour MHEDEX et ainsi tout le monde sera satisfait !

— Monsieur Poitiers, je vous ai dit que je voulais MHEDEX, pas de l'argent !

— Mais vous avez affirmé que le Labo ne valait pas plus de dix mille euros, c'est exactement ce que je vous offre !

— Monsieur, vous êtes un imbécile ou vous le faites exprès, je vous assure que je n'ai pas envie de jouer, je vous le répète pour la dernière fois !
Vous allez me vendre le Labo pour le prix indiqué, et l'affaire sera close !
Avez-vous bien compris ! cette fois !

Je veux votre réponse immédiatement ou je divulgue tout à l'instant meme ! Merde fait chier, ce mec !

Jean-Bernard, cette fois était dépassé par les événements, il resta sans voix, son intellect ne suivait plus il n'était plus en mesure de mener la moindre conversation et encore moins de discussion.

Il était complétement figé, c'était comme si le temps s'était arrêté.

Alors au bout d'un instant, un minuscule filet de voix sortit de sa bouche malgré lui, à peine audible.

— D'accord, c'est d'accord.

— Eh bien, voilà quand vous voulez, c'était pas compliqué pourtant !

Attendez voyons, nous sommes vendredi, nos avocats se verront lundi matin chez le notaire pour régler les petits détails.

Jean-Bernard, complétement asthénique resta postré sur son bureau.

Dix minutes après, c'était la sonnerie de son téléphone qui allait le sortir de son accablante torpeur.

— Bonjour Jean-Bernard, j'ai de bonnes nouvelles pour toi, ton prêt est accordé, mais il faudra apporter des garanties en hypothéquant ton Labo, ça n'a pas été facile, mais j'ai réussi à les convaincre.

Allo ! allo ! tu m'entends ! tu ne dis rien !

Depuis déjà un bon moment Jean-Bernard avait posé le combiné et n'écoutait plus.

Sans rien dire, il se leva et sortit de son bureau, puis rentra chez lui.

Il pénétra dans son appartement et s'assied sur le divan du salon.

— Géraldine ! Viens !

— Son épouse s'approcha intriguée et vit la mine défaite de Jean-Charles.

— Que ce passet-il ! Qu'est-ce que tu as ! tu es malade ? Tu as mauvaise mine !

— Géraldine nous sommes ruinés !

— Mais qu'est-ce que tu racontes ?, Je sais que nous avons perdu toutes nos économies avec le rapt de Léa, mais avec le Labo nous allons pouvoir payer les hypothèques et récupérer nos appartements !

— C'est fini ! nous n'avons plus rien, MHEDEX n'est plus à nous !

— Mais Jean-Charles, tu délires le Lab...
Jean-Charles soudainement l'interrompit.

— Le Labo n'est plus à nous, je l'ai vendu !

— Mais comment ça tu l'as vendu !

— Oui pour dix mille euros.

Jean-Charles expliqua avec tous les détails les catastrophiques faits qui avaient conduit à cette affligeante et tragique situation.

Il avait tout essayé tout tenté pour éviter leur ruine, mais il avait échoué.

Il leur fallait désormais partir de zéro, et trouver un travail car la somme de la vente du Labo ne suffirait meme pas pour payer les nombreux frais en cours.

Et ou allait-il trouver du travail à ses cinquante-cinq ans.

— Mais ou allons nous habiter ?
Questionna Géraldine.

— Je ne sais pas ! Pour le moment nous allons essayer de louer un petit meublé en banlieue, nous avons deux mois devant nous pour trouver quelque chose, après il faudra libérer l'appartement et c'est la meme chose pour celui occupé par Léa.

— Mon Dieu ! Pourquoi tant de calamités, s'abattent telles sur nous ? Et Léa que va-t-elle devenir ?

— Elle est jeune et diplômée, je ne n'en fais pas trop pour elle, meme si ses choix amoureux ont toujours été une véritable calamité.

C'est pour nous que je suis inquiet, car il ne faudra pas compter sur nos amis, ils vont vite nous tourner le dos, tu sais le malheur est contagieux et nous n'appartenons plus au meme monde désormais.

C'est terrible, mais c'est comme cela, rappelle-toi nous pensions la meme chose.

Pendant tout le week-end, ils allaient tenter de contacter leurs amis et connaissances, mais comme l'avait si bien décrit Jean-Bernard, personne n'allait avoir la moindre complaisance pour leur venir en aide.

29

Lundi matin comme prévu, Jean-Charles reçut l'appel de Gerard Mercier.

— Bonjour monsieur Poitiers, j'imagine que vous avez fait le nécessaire auprès de votre avocat !

— Oui tout est en règle bien entendu, je suppose qu'il est inutile que l'on revoie les thermes du contrat de vente ?

— Vous supposez bien monsieur Poitiers !
Le rendez-vous est prévu à quatorze heures chez le notaire, mon Avocat va vous indiquer l'adresse.
A l'heure prévue les deux avocats se rencontrèrent au cabinet de Maitre Albert Levy, ou la vente fut conclue et enregistrée, sans le moindre problème.

Désormais le Laboratoire pharmaceutique MHEDEX appartenait à Gérard Mercier.

Jean-Charles allait par la meme occasion apprendre le nom de l'acquéreur de son entreprise.

Son ancien employé auquel il avait fait subir les pires brimades, humiliations et ignominies et pour finir, le licencier sans la moindre indemnité.

Gérard comme promis, allait contacter Jean-Bernard, cette fois avec sa véritable voix pour lui faire une proposition.

— Allo ! bonjour monsieur Poitiers ! Je crois que vous cherchez du travail m'a-t-on dit, je me trompe ?

— Bonjour Gérard ! Mais qu'est-ce qui t'a pris de faire une pareille chose ?

— Oh ! tu sais Jean-Charles ! Tu permets que je te tutoie n'est ce pas ! Par contre je préfère que tu me vouvoies désormais, tu vois les choses changent, ça va ça viens, c'est la vie.

Bon en tout cas si cela t'intéresse, j'ai un poste à pourvoir, celui que j'occupais avant mon licenciement, tu te rappelles !

Jean-Charles furieux, ne répondit pas et raccrochât son téléphone.

Épilogue

Quelque temps allait passer, lorsqu'un jour vers sept heures du matin, dans son appartement de l'avenue de l'Opéra, Gérard prenait sa douche, lorsque la sonnette de l'entrée se fit entendre.

Il enfila rapidement son peignoir et se précipita jusqu'à la porte d'entrée.

Il l'ouvrit et se trouva nez à nez avec Léa une arme à la main.

— Léa ! que fais-tu là ! qu'est-ce qui se passe ?

Sans prononcer le moindre mot, Léa vida les sept balles du barillet de son revolver Smith & Wesson 686 PC sur Gérard Mercier qui s'écroula sur le sol mortellement blessé.

FIN

VENGEANCES

VENGEANCES

Du meme auteur :

Notre petite Maison dans la Prairie
(Récit autobiographique)

Le mystérieux bunker sous Tchernobyl
(Roman)

Le rendez-vous
(Roman)

Conséquences
(Amitiés Amour et Conséquences)
(Roman)

Saisons
(Récit)

154

VENGEANCES

(aout 2018)

Roman

jose miguel rodriguez calvo

© 2018, Rodriguez Calvo, Jose Miguel
Edition : Books on Demand,
12/14 rond-Point des Champs-Elysées, 75008 Paris
Impression : BoD - Books on Demand, Norderstedt, Allemagne
ISBN : 9782322090518
Dépôt légal : novembre 2018